ロイ・アヴェイラム
アヴェイラム家の次男。
学園の生徒からは恐れられている。
謎の少女
僕はベッドの横に移動し、
少し屈んで彼女の顔を見た。
クインタスと同じ目をしている。
目の前の少女が
クインタスの妹であることは、
たしかにあり得そうだ。

エリィ・サルトル
ルーシィの幼馴染。
明るく素直な性格をしている。
ルーシィ・アルトチェッロ
ニックネームは「エベレスト」
学園でのオシャレリーダー的存在。

スタニスラフ・チェントルム
ニックネームは「ペルシャ」
対抗派閥のヴァンへ、
常に勝ち誇ろうとする。
ヴァン・スペルビア
スペルビア家の一人息子。
誰にでも優しい心の持ち主。

ウェンディの声は
震えていた。
家にも寮にも居場所がない。
相当参っているらしかった。
ウェンディ
学園の先輩。
ロイの不器用な
優しさに救われる。

8歳から始める魔法学

OLD ENOUGH TO LEARN MAGIC!

3

Yuhi Ueno
上野夕陽

[illustration]
乃希

Contents

OLD ENOUGH
TO LEARN MAGIC!

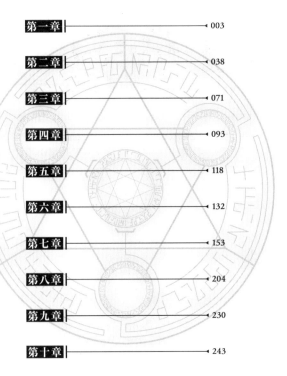

第一章

OLD ENOUGH TO LEARN MAGIC!

それはもう見事に『希望の鐘』を打ち鳴らし、アルティーリア学園に自由をもたらした僕は、あの日以降ますます名声を高めている。悪名高かった頃が今では懐かしいくらいだ。

しばらく沈黙を続けていた鐘が突如街に鳴り響いたことは新聞にも取り上げられた。その立役者が僕を中心とした『境界の演劇団』であることもしっかり知れ渡ったようで、僕らのサークル活動は順調な滑り出しを見せていた。

『希望の鐘』は悪いものを浄化する意味合いを持つ。政治的には魔人に反感を持つ者たちが行う反魔運動のシンボルだ。それを鳴らした『境界の演劇団』は、僕とペルシャの思惑通り、徐々に反魔運動の支持層から信頼を獲得している。

理想を言えば、作戦に大きく貢献した通信機の存在を記事内で触れてほしかったが、どの新聞も取り上げてはくれなかった。あんなに画期的な発明なのに。

冬休みが始まると、寮で年を越す一部の生徒以外はみな学園を離れる。

僕は数少ない通学組だから本当なら今頃家で休暇を満喫しているはずだったのに、『希望の鐘』を損壊させた罰として、寮に泊まり込みで反省文やらなんやらを書く羽目になったのだった。ほんの一週間ほどではあるが、僕にとって初めての寮生活だ。

年末年始を家で過ごす生徒たちは続々と荷物をまとめて寮を出ていく。ペルシャたちも、反省文を課された僕に構うことなくさっさと家族のもとへと帰っていった。

でも案外僕は他の残っている寮生たちとぎくしゃくすることなくうまくやれている。僕の身代わりになって懺悔玉《ざんげだま》を受けてくれた信者先輩が普通に話しかけてくるから、彼を介して他の生徒とも親睦を深める——とまではいかないけど、多少は仲良くなれた気がする。もし彼らに魔法学でわからないところがあれば教えてやってもいいと思える程度には。

新年が近づき、いよいよ寮から人がいなくなってくると、しんと静まり返る寮の建物には必要以上に寂しさが漂う。信者先輩も昨日迎えの馬車が来て寮を出ていった。まだ寮に残っている生徒は、ここで新年を迎えるつもりの者だけである。

せっかくの寮生活だから、学園の図書館に通い、面白そうな本を見つけては読み、片手間にだらだらと反省文を書き進めていたら、あっという間に今年最後の日となった。学園に残ることは手紙で伝えてあるから迎えは来ない。家ではどうせ誰も僕のことを待っていないから不都合はないはずだ。

食堂で夕食をとった後、一人優雅に本を読もうと寮の談話室に来るとソファに先客が座っていた。彼女の名前はウェンディ・ドルトン。『希望の鐘』を鳴らすミッション中に僕を部屋に匿《かくま》ってくれた先輩だ。彼女の弟のリアム・ドルトンは僕と同級生で、少々素行の悪い生徒である。附属校の頃に彼とその仲間たちがルビィ・リビィをいじめていたところを僕が止めたのだが、それ以降廊下ですれ違うたびに何か文句でも言いたげな視線を向けられている。

そんな弟を持つウェンディだが、彼女自身は僕に隔意はなさそうである。部屋に匿ってくれたときに話した限りでは、多少ツンとしているがリアムのような歪《ゆが》んだ性格ではなさそうだった。

「あなたもまだ残っていたんですね」

何か書き物をしているウェンディに声をかけると、彼女は顔を上げてこちらを見た。

「……もう誰も来ないと思ったのに」

……歓迎されていないようだ。

「お邪魔したみたいですね」

一緒にいてお互いに居心地が良い相手でもないし、部屋で本を読むことにしよう。そう思って背を向けると、「べつにいてもいいけど」と素っ気ない声が耳に届く。そう言われてしまえば、このまま立ち去るのも具合が悪い。

「では……お邪魔します」

「ん」

ウェンディは僕の方を見向きもせずに相槌《あいづち》を打った。

どこに座ろう。テーブルを使うならソファだけど、ウェンディの隣に座るのもな……。

僕はテーブルから少し離れた位置にある一人がけの椅子に座ることにした。適当に過ごして、少ししたら出ていけばいいだろう。

僕は椅子に座り、ウェンディの方をちらと見た。僕を呼び止めたにもかかわらず彼女は自分の作業に集中している。特に僕に用があるわけでもなさそうだった。じゃあ、なんで呼び止めたんだ……。

考えても仕方ないし、僕は借りてきた本を一冊手に取って読み始めた。

しばらくし、どうも視線を感じる。そちらを見れば、ウェンディとばっちり目が合った。しかし、彼女はすぐに目を逸《そ》らした。

「何か用ですか？」

「べつに」

「そうですか」

僕は本に視線を戻すが、再びウェンディの視線を感じて顔を上げる。今度はウェンディは目を逸さなかった。

「あんたってなんでまだいるわけ？」

ウェンディが不思議そうに聞いてくる。彼女がいてもいいと言うから渋々ここにいるのに心外だ。

「いてもいいとあなたに言われたので」

「じゃなくて、家に帰らなくていいのかってこと」

「あー、まあ、いいんじゃないですか？　僕がいたところで何も変わらないので」

「へぇ……あんたもなんだ……」

ウェンディは意外そうに呟《つぶや》く。そういえば、彼女が寮に残る理由はなんだろう。

「ドルトン先輩はどうして残ってるんですか？」

「べつに」

「人には答えさせたくせに……」

「……本当にたいした理由なんてないのよ。私もあんたと一緒で家の人に必要とされてないってだけ」

「それじゃあ、もしかしてリアムも残ってるんですか?」

「あいつは冬休みに入ってすぐ、父親に呼ばれて連れてかれたわ」

きょうだいで重要度が大きく違うのはよくあることなのだろう。僕がアヴェイラムにとって兄のスペアでしかないように。

「じゃあ、僕らは二人ともいらない子というわけだ」

「ふふっ、そうみたい」

ウェンディが笑った。意外に綺麗《きれい》に笑うのだな、と思った。

「——そうだ、せっかくだからニューイヤーイブらしいことをしませんか?」

なんとなく気分が乗って、僕は提案した。

「ニューイヤーイブらしいことって、例えば?」

僕は首を傾《かし》げた。毎年一人で過ごすことが多いから、それっぽいことがぱっと思い浮かばない。

「……なんでしょう。今年の振り返りとか?」

僕がなんとか絞り出した案に、ウェンディはため息で応えた。

「なんて面白みのない……」

「じゃああなたが決めてくれてもいいですよ」

「えー？　そうね、ニューイヤーイブと言ったら……ホットワイン？」

自分でも馬鹿なことを言ったと思ったのか、すぐにウェンディは苦笑いをした。なんだ、彼女だってニューイヤーイブの定番に全然詳しくないじゃないか。まったく、こういうときにはずれ者が二人揃《そろ》ってもどうにもならない。

「──あ、でもワインなら信者先輩が隠し持ってると言ってたな。──取ってこよう」

「本気で言ってる？」

怪訝《けげん》そうなウェンディに僕は頷《うなず》きを返した。ウェンディは呆《あき》れた顔をしている。例年と違うニューイヤーイブを過ごしているからか、今日の僕は少し浮ついている気がする。


信者先輩の部屋から秘蔵のワインをくすねてきて、再び談話室に戻った。僕がいない間にウェンディが準備をしてくれたようで、テーブルの上が綺麗に片付いている。しかし、ウェンディがいない。付き合いきれないから自室に戻ったのだろう。仕方がないから一人で寮のキッチンに行くことにする。

キッチンに入ると、ウェンディの姿を見つけた。

「ここにいたんですね」

「ワイン温めるにも準備がいるでしょ」

　ウェンディに手で催促され、僕はワインボトルを渡した。

すでにオイルランプ、ケトルスタンド、小さめの鉄鍋、それからカップが二つ出ていて、もう準備万端という感じだった。

「呆れていたわりに、大変乗り気じゃないですか」

「べつに。仕方なくよ。あんたが酔っ払って何かやらかさないように、年長の私が監督しないといけないから」

　ウェンディが取り繕う。

「そういうことにしておきます。――では、さっそく温めましょうか」

「そうしてちょうだい。はい、マッチ」

「いいです。ライター持ってるので」

「ライターって、時間かかるじゃない」

僕はウェンディからマッチを受け取らず、上着のポケットから小型の魔法具を取り出した。

「なにそれ」

「ライターです」

「それが？」

「はい。大学の研究室で作った魔法具です」

「へぇ……」

ライターといえばフリント式の手間のかかるものという認識なのだろう。数年前にマッチが登場し、火をおこすのにマッチを使う人は増えている。僕の家でも、エルサなんかはよくマッチを使っている。しかし、今売られているマッチは安全性に少々問題がある。自然発火するし、毒性もあると聞くから、いくら便利でも僕はあまり使いたいと思わない。そこで僕は、自身の魔法が雷属性であることを利用して、放電による着火魔法具を研究の合間に作ってみたのである。

ウェンディが鍋にワインを注ぐと、僕はライターでオイルランプに素早く火をつけた。

『え、すご」

やはりウェンディもこのライターの素晴らしさに気づいたようだ。

「あんたって……もしかしてすごい？」

「はい」

「はいってあんた……。ほんとにちゃんとすごいのが、あんたのずるいところよね」

褒められているのか微妙なところだが、悪い気はしない。しかし、片手間に作ったライターの方が魔信《ましん》よりも受けが良いのは複雑な気分だ。遠距離通信機などという突飛な物より、身近な動作を便利にする物の方が有用さを実感しやすいのだろうな。ということは、これを売れば大好評間違いなし……というわけでもない。着火に雷魔法を使うから、雷属性の人間の希少性を考えると、需要などないも同然なのである。それこそ、僕とエルサくらいしか使えないんじゃないかな。まあ、でも僕専用の魔法具という意味では、最高にかっこいいと思う。

作ったホットワインを携え、僕とウェンディは談話室に戻った。

アルコールが入り、僕もウェンディも普段心に秘めていることが次から次へと口からこぼれ出た。家族に対する愚痴が一番盛り上がったのは、はずれ者の悲しいところである。今日話す前まで、リアムのような弟がいて大変そうだな、くらいに思っていたのだが、話を聞くと、どうもすべての元凶は父親らしかった。暴力やらなんやら本当に酷《ひど》い父親らしく、それがゆえに、あんな弟でもウェンディはある種の仲間意識のようなものを持っているという。僕は兄に対してそういう思いは少しもないから、ウェンディとリアムの関係性を奇妙に思った。仲間意識というなら、どちらかといえば僕はエルサに対して――いやいや、そんなはずはない。なんだか眠くなってきた。ウェンディはまだ話しているような気がする。暖炉の薪がパチパチと鳴る音が耳に心地よくて、僕は目を閉じた。


朝起きると、体に毛布がかけられていて、ウェンディはすでにいなくなっていた。おもむろに体を起こし、だらだらと新年の朝を台無しにしていると、僕への手紙を持って事務員が訪ねてきた。手紙は、今日の午後に迎えを出すから帰ってこいという内容だった。

仕方なしに、すでに書き終わっていた反省文を提出し、僕は帰り支度を始めた。午後になり、アヴェイラム家の馬車が学園にやってきた。帰る前に談話室に顔を出すと、ウェンディ・ドルトンがソファに座り、本を読んでいた。

昨日のことを思うと気恥ずかしさがあった。

「帰るの？」

ウェンディが本に視線を落としたまま言った。

「父上に呼ばれましてね。ウェンディさんはいつまで残るおつもりで？」

「あたしはもういいかな。どうせ帰ってこいとも言われないだろうし」

ウェンディはため息を吐《つ》いた。昨日の話では、すでにウェンディの姉が家にとって重要な婚姻を済ませており、家の跡継ぎ問題も弟の役目だからという理由で、ウェンディに親の関心はほとんど向いていないという。

「気楽でいいですね」

寮に残れるのを羨ましく思った。

僕の言葉を嫌味と受け取ったのか、ウェンディは睨《にら》むように目を細めた。しかし、僕の表情を見て本心から言っていることが伝わったのか、彼女は表情を和らげた。

「……そうね。気楽だって思えるなら、その方が健全よね」

「そうですよ。自由があることが我々『はずれ者』の特権でしょう」

「まあ、それはそうね」

「僕だって兄の立場ならこれほど好き放題できてませんからね」

「そうでしょうね。あのエドワード・アヴェイラムがあんたみたいに反省文を書かされてたら驚きだわ」

「でしょう？」

僕は得意げにニヤリと歯を見せた。

「反省の欠片《かけら》もない顔ね」

「『はずれ者クラブ』は気楽に生きることを信条としてますから」

「どんなクラブよ」

「会長はあなたですよ」

「勝手ね。……まあいいけど」

「では会長、僕はそろそろ行きますね」

「はいはい」


公爵家のタウンハウスに帰ると、自分の部屋で一息入れる間もなく執務室に呼び出された。部屋に入ると、常よりさらに威圧感のある父、ルーカスの姿があった。彼の様子を見れば、僕にとって楽しい話ではないのは明らかだった。だけど、呼ばれた理由はまるでわからない。

「呼ばれた理由はわかっているな？」

「もちろんです。申し訳ございませんでした」

とりあえず謝ってから、僕は高速で頭を回転させる。執務机に置かれた新聞の表紙が目に入った。

『希望の鐘』の事件について書かれた記事だ。

「『通信機』と言うそうだな。実用化はいつになる?」

なるほど、通信機の話だったか。学園で暴れたことを問題にしているわけではないようだ。

「性能に関しては、すでに実用に足るでしょう」

「……他に何か問題があるのだな?」

「材料となるフォネテシルトの甲羅の希少性が量産化の妨げになると思います」

「ふむ。そうか」

ルーカスは腕を組み、何やら考え込んだ。軍用の技術としてどう運用するか、算段でも立てているのだろうか。

量産化はまだ難しいとは言ったが、実のところ、当てがないでもない。

フォネテシルトの甲羅は魔力信号を振動——つまり音に変換する機能を持っている。この間は時間もなかったから甲羅をそのまま使って間に合わせたけど、すでに仕組みは解明できたから他の材料で代用できるはずだ。

「まあいい。その調子でお前の価値を示せ」

「承知しました」

ルーカスから過去にこれだけの言葉をかけられたことがあっただろうか。僕の研究は彼の期待に十分に応えられているらしかった。ウェンディには悪いが、これから僕が研究で成果を出し続ければ、すぐに『はずれ者クラブ』を抜けることになりそうだ。

親に必要とされたいなら、子はそれ相応の価値を証明しなければならないのだろう。前世の記憶を得る前の僕が放置されていたのも無理はない。

だけど……今更父親からの関心なんて要るのか？　ルーカスが欲しているのは僕の研究であって、僕じゃない。研究を認められたいだけなら学会で認められればいい。相手はルーカスじゃなくていいんだ。

ルーカスからの関心を望んでいない自分に気づく。どこか解放された気分だ。べつに家族の愛を渇望していたつもりはなかったが、やはり心のどこかで期待していたのだろう。

附属校で苦労して生徒会選挙を戦い、面倒な生徒会長まで務めたのだって、今思えば父や祖父に失望されたくないからだったのかもしれない。

でも、もはや気を使う必要もないな。

「もう退室してもよろしいでしょうか」

こちらから話を切り上げようとすると、ルーカスは僅かに眉を上げた。驚いたのか、それとも気に障ったのか、読み取ることはできない。

「最後にひとつ忠告しよう。なんのためにお前の論文を差し止めたのか、よく考えて行動することだ」

ルーカスに釘《くぎ》を刺される。

本来なら有名な魔法学術誌『チャームド』に僕の論文は載るはずだったが、軍事利用のために差し止められた。

通信機が軍隊にとって強力な手札となるのは明白だ。それをむやみに学園の生徒たちの前で披露したことが気に入らないのだろう。だけど僕は、差し止めに納得したわけじゃないんだ。魔法学研究者にとって『チャームド』に論文が掲載されることは大変な名誉なのに、それを軍事利用などという理由で不当に奪われては敵《かな》わない。

……あれ、まさか通信機のことが新聞で取り上げられなかったのも、ルーカスが裏で手を回したからなのか？　だとしたら、僕はこの先もずっと自由に研究を公表できず、利用され続けるんじゃないのか？

「……ご忠告、痛み入ります」

言いたいことはたくさんあったが、僕はぐっと堪《こら》えて聞き分けの良い息子を装った。

冬休み中、ルーカスに呼び出されたのは初日だけで、それからは穏やかなものだった。寮は意外に過ごしやすかったが、なんだかんだで住み慣れた屋敷は気が休まった。

そうこうしているうちに、短い冬休みも終わり、新学期が始まった。午後の授業は休みボケがまだ抜けていない生徒にとって絶好の睡眠時間だ。その例に漏れず僕の瞼《まぶた》も下がり始めた頃、ナッシュ先生が教室に入ってきて僕を呼んだ。

いったい僕になんの用だろう。反省文はしっかり提出したし、最近は大人しくしているのに。

「君に、き、客が来ている。つ、つ、ついてきたまえ」

僕が廊下に出ると、ナッシュ先生は僕の方を見ることもなく言った。彼は黒いローブを翻し、先を歩いていく。

僕に客か……。新聞記者が僕にインタビューにでも来ているのだろうか。他に思い当たる人物はいない。

校長室と同じ区画にある応接間《パーラー》へと連れてこられた。ナッシュ先生が扉をノックして中に入っていったから、僕も続く。

部屋の奥でソファに座っていた三人がこちらを振り向いた。

「ああ、巡察隊の……」

クインタスの件で家に訪ねてきた巡察隊のベイカー警部とアバグネイル巡査部長だった。あともう一人は初めてみる顔だ。

僕たちの姿を確認すると、ベイカーとアバグネイルが立ち上がった。

「ロイ・アヴェイラムをお連れしました。では私はこれで」

そう言ってナッシュ先生はさっさと部屋を出ていった。

「やあ、ロイ君。あれから元気だったかい？」

アバグネイルが年上のいとこかのようにフランクに話しかけてくる。

「ええ、特に変わりありませんよ。アバグネイル巡査部長」

「それはよかったです！　あんなことがあった後だから心配してたんですよ。現場に入った俺の同僚の何人かは、あまりの凄惨さにすっかり参っちゃって。こういうのは大人も子どもも関係ないのかもしれない。耐性があるかどうかは、生まれつき決まってるんじゃないかな。俺やロイ君は、そういうところが図太いのかもしれないですね！」

「そうかもしれませんね。僕の友人も事件の後しばらく落ち込んでいましたから」

「やっぱりそうでしょう？　事件に巻き込まれた他の学生さんたちの中にも、思い出そうとすると取り乱す子もいたんです。かわいそうになぁ……」

アバグネイルと話していても本題が見えてこない。僕はベイカーの方を見て助けを求めた。

「アバグネイル君、先にロイさんに座ってもらったらどうだい？」

「あっ。すみません。ロイ君、どうぞ座ってください」

僕が対面のソファに座ると、二人は腰を下ろした。

その間も、もう一人の男は座ったままだ。俯《うつむ》き気味で、長い髪が蛇のようにうねって無造作に顔にかかっているせいで、年齢が推測できない。男はガタガタと小刻みに足を揺らし、黒く汚れた手の指を忙《せわ》しなく擦《こす》り合わせている。

「お久しぶりです、ロイさん。お噂《うわさ》はかねがね」

ベイカー警部が鋭い眼光を隠すように目を細めた。物腰は丁寧だが、相変わらずよれよれの服を着ている。

「お久しぶりです、警部。本日はどういったご用向きで？」

「クインタスの件についてお話を伺いにきました」

ベイカーは単刀直入に言った。

「そうですか。しかし、なぜわざわざ学園にいらしたのですか？」

「……お察しのこととは思いますが、ルーカスさんに同席されると都合が悪いのですよ。ロイさんも彼の前では迂闊《うかつ》なことは言えないでしょう？」

それはその通りだ。父が隣にいる状況では家にとって不利になりそうなことは言えないし、聞きたいことも聞けない。

「そうかもしれません。父は厳格な人ですからね。来客時に僕が粗相を働けば後で叱られてしまいます」

「ふむ、そうでしょうねえ。ではルーカスさんのいない本日は、気楽にお答えいただけるということで」

ベイカーの目が鋭さを増したように感じた。彼と話していると、次々と情報を抜かれてしまいそうな怖さがある。べつに事件のことを話すのは構わないけど。やましいことなどないし、なんなら僕だってクインタスの情報が欲しいから話したいくらいだ。

「もちろん、僕が知っていることなら答えますよ。――それで、そちらの方は？」

僕がベイカーに尋ねると、ベイカーの隣に座る男の肩が大きく跳ねた。

「紹介が遅れましたね。彼はサミュエル・バウティスタ。大陸出身の画家です」

「はあ、画家ですか」

「ええ。このところ捜査が手詰まりでしてね。とある手法を試みようと思っているのですよ」

「新しい捜査の方法を実験的に導入するということですか？」

「ええ。クインタスのような輩《やから》を捕まえるには従来の方法ではやはり難しい。魔力で強化された足で逃げられたら、すぐに姿をくらまされ、とても捕まえられません。ですから、拠点を特定し、戦力を整えてから奇襲をかけるのが理想です」

「でしょうね。父の追跡を逃れるほどの実力者ですから。画家を連れて来られたということは、クインタスの似顔絵でも描くのですか？」

刑事と画家の組み合わせで真っ先に思いついたものを当てずっぽうで言ってみただけだったが、ベイカーは驚いたように目を見開き、「その通りです」と答えた。

手配書に似顔絵を載せるのは珍しいことなのだろうか。すっかり巡察隊がいる街に慣れていたが、実際はまだ誕生して日が浅い組織だ。まだ捜査のノウハウを確立している段階なのかもしれない。

少し前まで王都アルティーリアの治安は、街の名士がまとめあげた自警団によって守られていたが、魔物の活性化に伴い、広範な捜査網が求められるようになったため、今では完全に巡察隊に取って代わられた。

巡察隊は、魔物関連の事件の他にも犯罪の取り締まりも行う。

彼らの組織立った効率の高い捜査能力は市民に高く評価されていて、この短い期間に王都を越えて急激に規模を拡大しているらしい。

巡察隊に取って代わられ、今はすでに解散した自警団だが、一年ほどは巡察隊と活動時期がかぶっていた。その頃、学園への登下校時に自警団を見ることが何度かあったが、だらしない格好をした数人の大人たちがだらだらと喋《しゃべ》りながら街を練り歩くだけの、見るからにプロ意識の欠片もない半端者の寄せ集めだった。アレが犯罪捜査の知識を蓄えていたとも思えないから、巡察隊はほとんどゼロからのスタートだったに違いない。

きっと方々から優秀な人材を引き抜いてきたのだろうな。目の前に座るベイカーを見てそう思った。

「これからロイさんにクインタスの容姿の特徴を言葉で表現してもらいながら、彼に肖像画を描いてもらいたいと思っています。少々時間がかかると思いますが、ご都合はよろしいですか？」

「馬車の迎えの時間までなら構いません。あと2時間ほどでしょうか」

「呼び出しておいてなんですが、授業の方はよろしいのですか？」

「出席したところで教師の話は聞きませんから」

午後の授業はアスタ語と数学だが、今やっている内容は欠伸《あくび》が出るほど簡単で、いつも内職をしている。

聞く価値があるのは歴史の授業くらいだ。

「ほう。学生時代を思い出しますね。私もつまらない授業は聞き流す質《たち》でしたから」

ベイカーが僕に同意する。

「二人とも、よくないですよ。みんながみんな学校に通えるわけじゃないんですから。俺なんか裕福じゃなかったから、学校なんて諦めてましたよ。家の近くにタイミングよく貧民学校ができたからよかったですけど。田舎の方だと今でも教育を受けられない子は多いんじゃないかな」

アバグネイルが苦言を呈した。貧民学校という言葉を初めて耳にした。普段は学園に通う貴族の子女としか話さないから、一般市民にとっておそらく当たり前の単語を知らない僕は、やはり貴族のお坊ちゃんなんだと気付かされる。

「これは失礼。庶民の暮らしには疎いもので」

貧民の教育環境などいっさい興味はなかったが、一応謝っておく。

「たしかにアバグネイル君の言うことももっともだ。巡察隊として市民に寄り添う必要がありますからね」

ベイカーは神妙に頷いた。職業柄、市民と対峙《たいじ》することも多いのだろう。

「わかればいいんですよ」

アバグネイルは満足げに笑みを浮かべた。

「――さて、世間話もそろそろ切り上げて、クインタスの肖像画を描きに行きましょうか」

ベイカーがパン、と手を叩《たた》き、弛緩《しかん》した空気を引き締めて言った。

髪の長い男——サミュエルが床から草臥《くたび》れたカバンを拾い上げ、中から数枚の紙と細長い黒鉛を取り出し、テーブルの上に置いた。彼は顔にかかっていた髪を耳にかけた。素顔が露出し、意外にも歳若《としわか》い青年だったのだと気づく。

「私がクインタスの顔の特徴を部位ごとにひとつずつ聞いていきますから、ロイさんは、思い出せる限りで詳しく表現していってください」

ベイカーと僕の質疑応答が始まると、サミュエルは黒鉛を指で摘《つま》むように持って、紙に黒鉛を走らせた。さっきまでの挙動不審さが嘘《うそ》のように、淀《よど》みない動きで線を描き加えていく。

僕は昔からクリエイターに憧れを持っている。それはもはや嫉妬に近い感情だ。服のデザインをするエリィや作曲をするマッシュをすごいと思うと同時に、その才能を羨む。

理論を積み上げるのではなく、無から有を創造する。彼らは、神に近い存在だ。芸術家が作品を生み出す姿の、なんと神々しいことか！

彼がパーツ毎《ごと》にいくつかの候補を描き、僕がクインタスに近いものを選ぶ。それを繰り返し、本物に近づけていく。言葉と絵で会話をしているような、不思議な感覚だ。

「とある研究生の証言なんですがね、クインタスは珍しい目の色をしていたらしいんですよ。その研究生は舞台上にいたようで、目の色の判別ができたのでしょうね。前にロイさんにお話を伺った際は目の色についての言及はありませんでしたが、そのあたり、何か気づいたことはありませんか？」

サミュエルが絵を描く様子を見ていたベイカーが、さりげなく口を開いた。

僕はずっと観客席にいたからクインタスの目の色ははっきりとは見ていなかった。珍しい目の色——初めてクインタスに遭遇した、初等部の夏休みの記憶が蘇《よみがえ》る。父に撃退され、近くを通り過ぎていったクインタスと一瞬だけ目が合い、不思議な色をしていると思った覚えがある。

とんでもない速さで移動する人間の目の色を当時の僕が認識できたとは思えないから、ずっと太陽光か何かを反射してそう見えただけだと決めつけていたが、あれは錯覚ではなかったのか？

「——金色」

クインタスと目が合ったとき、金色の爬《は》虫《ちゅう》類《るい》のような瞳だと思った。

金色の瞳——はて、どこかで聞いた言葉のような気がするが、どこだっただろうか。記憶の糸を手繰り寄せるが、あと少しで思い出せるというところで、ベイカーの声により現実に引き戻された。

「ほう、金色ですか。なるほどなるほど。証言と一致します。これはおもしろい」

「おもしろい？　何がです？」

「いえね、こちらで得た情報との思わぬ符合があったものですから」

「気になる言い方をしますね」

遠回しにその情報とやらを聞き出そうとするが、ベイカーは微笑《ほほえ》むだけだった。

サミュエルの方に意識を戻すと、似顔絵はだいぶできあがっていた。記憶などという曖昧なものを頼りに、いかにも意思の疎通が難しそうなサミュエルとイメージの摺《す》り合わせを行うのは、きっと骨の折れる作業だろうと思っていたが、彼のずば抜けたセンスのおかげか、紙に描かれたスケッチは僕の記憶の中のクインタスを十二分に再現していた。

「それで、この絵をクインタス捜索にどう役立てるのですか？」

僕はベイカーに尋ねた。

「リトグラフで絵を複製し、巡察隊内にクインタスの顔を周知させます」

リトグラフ――確か最新の印刷技術の名称だったか。

「それだけでクインタスを見つけられますかね」

いくら彼らが優秀だと言っても、組織の規模はまだまだ発展途上だ。仮に全隊員がクインタスの顔を覚えたとして、奴《やつ》を見つけ出せるとは到底思えなかった。科学が発達した地球の21世紀ですら、姿をくらました指名手配犯を見つけ出すのは、至難の業だったのだから。

「――ええ、難しいでしょうね」

ベイカーが珍しく弱った様子でため息を吐いた。

「『アルクムストリートジャーナル』にでも似顔絵を売りつけてみては？　新聞かマガジンに掲載して貰《もら》えれば市民を使った人海戦術もできますし、上手《うま》く炙《あぶ》り出せるかもしれません」

「なるほど、検討の余地はあるでしょう。個人的には、その出版社のことは信用していませんが」

椅子に座ってサミュエルの絵を眺めていたアバグネイルが、ベイカーを愕然《がくぜん》としたように見つめる。

「どうしてですか、警部！　ストリートジャーナルは情報の宝庫ですよ。読まないのは損です。絶対に買った方がいいですって」

「読んでないとは言ってないだろう、アバグネイル君。一つの出来事を語るにしても、視点が違えば得られる情報も違うというだけさ」

「なるほど……？　それはまあ、そうでしょうけど」

アバグネイルは『アルクムストリートジャーナル』の熱心な購読者のようで、信用ならないと言われたことに納得できていない様子だ。王都一の発行部数を誇るから、アバグネイルのようなファンは多いのだろう。

一方のベイカーは、職業柄か元からなのか、猜疑心《さいぎしん》がかなり強い。情報リテラシーが未発達なこの世界で、ベイカーのように一歩後ろに下がって情報に向き合うことができる人間は多くない。巡察隊に引き抜かれる前は何をしていたのか、気になるところだ。

「あそこはナショナリズムが強そうですからね。比較的フラットなところだと――『ファサード』とか」

僕は、お気に入りの出版社の名を口にした。

『ファサード』は文章から圧を感じないのが良い。

「おお、いいですね！　ロイさんも、なかなか見る目のある方だ」

ベイカーが嬉《うれ》しそうに言った。

「そういうベイカー警部も好んで読まれているようですね」

「ええ。最もバランス感覚に優れた出版社ですからね」

「まさに。記者の感情が見えないところが素晴らしい」

「情報を読者に伝えることのみに特化した、氷のように淡々とした文体は、読んでいるだけで惚《ほ》れ惚《ぼ》れしますね」

ベイカーと前に会ったときは、被害者の僕に執拗《しつよう》に尋問をしてくる嫌な刑事だと思ったが、思わぬところで意気投合したものだ。

「おーい、お二人さん？　クインタスの似顔絵を新聞に載せるって話をしていたのでは？」

僕とベイカーが新聞談義に花を咲かせているところに、アバグネイルが水を差した。話に入れなくて拗《す》ねたに違いない。仕方がないから、クインタスの話に戻るか。

「提案しておいてなんですが、掲載された似顔絵がクインタスに見つかると、むしろ警戒されて逆効果かもしれません。あの野蛮人が新聞や雑誌を読むかは、甚だ疑問ですが」

研究者を殺すということは、人類がこれまで積み上げてきた叡智《えいち》、そして、これから生み出される技術の両方を奪うということだ。

教養のある人間には決してできることではない。

「はて、それはどうでしょうか。新聞や雑誌の購買層は貴族か、またはある程度経済力のある市民ですが、クインタスの社会的なポジションがわからない現状、決めつけるのは早計でしょう。まあ、私とてクインタスが新聞を読む姿は想像できませんがね。そもそも潜伏先でどう生計を立てているのか……」

ベイカーが腕を組んで考え込む。

「日雇いの労働者ですよ、きっと」

アバグネイルが軽い調子で言った。

事件から数ヶ月が経過していると言うのに、クインタスの居場所の特定は全く進んでいないのだろうか。

「容疑者はまだ絞れていないのですか？」

「――残念ながら。アルクム大学で行われた講演会を狙ったことから、学生含め、大学関係者を洗ってみましたが、手がかりは得られませんでした」

「他に講演会の情報にアクセスできる人間は？」

「アルクム通り沿いにあるコーヒーハウスのひとつが講演会のビラを掲載していたようですね。有名な学術雑誌にも情報は載っていました。念の為《ため》、コーヒーハウスで聞き込みを行ってはいますが、そもそもあの講演会自体、特に秘匿されていたわけではないので、犯人を絞り込むのは難しいでしょう」

「なるほど。では迎賓館の事件以外の被害者はどうです？　あの大量殺戮《さつりく》はクインタスが起こした事件の中でも例外中の例外でしょう？　それまでは四肢を切断した状態で生かすのが奴の手口だったと思いますが」

「被害にあった貴族からは可能な限り話を聞いていますが、皆口をそろえて狙われる理由はわからないと。何かを隠している気はするんですがね。あくまで私の勘ですが」

ベイカーの勘が当たっているなら、被害者は狙われる理由に何か心当たりがあることになる。しかし、誰一人として口を割らないようでは手の打ちようがない。

やはり似顔絵に賭けるしかないのか。監視カメラで犯人が追跡できれば全然違うのに。こういうとき科学の偉大さを実感する。クインタスの足の速さで事件現場から逃げられたら、現行犯で捕まえるなんて難しいから、せいぜい原始的に足跡をたどるくらいしか——足跡をたどる？

そうか。そうだった。クインタスを追跡するのにぴったりな技術を、僕はすでに手に入れているじゃないか！

「ん？　どうしました？」

考え事をしながらベイカーの顔をぼんやりと見ていたせいか、ベイカーが不思議そうに首を傾げた。

「——もしかしたら、クインタスの居場所を突き止められるかもしれません」

「なんだって？」

「それは本当かい、ロイ君!?」

ベイカーは片眉を上げた。アバグネイルは目の色を変えて立ち上がり、テーブルに肘をつけて僕に顔を寄せた。

テーブルが揺れたのを見て、サミュエルの描く絵に目だけ向けると、彼はすでに描き終えていて、別の紙にまた何かを描いているところだった。ソファと、その真ん中に座る少年——ああ、僕を描いているのか。

「近いですよ、アバグネイルさん」

アバグネイルに目線を戻し、淡々と告げた。

「あ、ああ。すまない。それで、クインタスを見つけられるというのは本当なのかい？」

「可能性がある、という程度ですが」

アバグネイルは目を見開いたままベイカーの顔を見た。ベイカーが僕の方を真《ま》っ直《す》ぐ向いて、真剣な目をした。

「その方法とは、なんでしょうか」

ここに来て、僕は迷っていた。このまま正直に答えて良いのかどうか。ベイカーたちが信用できないとは思わないけど、僕が持つ技術を無償で公開することには忌避感を覚える。

「僕の生まれ持った能力に関わることです。このことは誰にも話したことがありません。だから、教えるにしても何か対価が欲しい」

「それは……ロイさんが何を求めるかによるでしょうね」

「では、巡察隊の持つ情報、というのはどうでしょう」

「情報というと、クインタスの捜査に関する情報ですか？」

「はい」

「ふむ——捜査にご協力いただけるなら、クインタスの情報をお教えした方がこちらとしてもやりやすいでしょうから、構いませんよ」

僕が言っているのは、クインタスに関わる包括的な情報のことです。つまり——なぜ警部がクインタスの捜査でアヴェイラムに探りを入れているのか、そこまで知りたいのですよ」

僕は膝に肘を置き、前のめりになって尋問するように聞く。ベイカーが息を吞《の》んだ。

「——仮に私がクインタスとアヴェイラムの関係を探っているとして、アヴェイラム家のロイさんに情報を流すはずがないでしょう」

ベイカーとの睨み合いが続く。サミュエルが紙に黒鉛を擦り付ける音だけが、部屋の中に響いている。

「——まあいいでしょう。情報の価値はわかっているつもりです。僕の能力を公言しないと約束してさえもらえれば、それで十分です」

僕が上体を起こし、ぱっと表情を緩めると、ベイカーの顔から緊張感が消えた。

「——いやあ、ロイさんも人が悪い。子どもだからと油断しない方がいいようだ」

「褒め言葉として受け取っておきましょう――ただ、僕が成果を出したときは、今の話、覚えておいてください」

「ええ、そのときは」

肩の力を抜いてソファの背もたれに背中を預ける。以前彼らが家に訪ねてきたときから、父が何かを隠している様子だったのが気になっていた。だから、似顔絵のために今日もう一度ベイカーが会いにきてくれたのは僥倖《ぎょうこう》だった。いや、似顔絵というのはただの口実で、向こうも僕に探りを入れにきたのかもしれないが。

「それでは、さっそく教えますね。実は僕、魔法の残滓《ざんし》を見ることができるんですよ」

満を持して得意げに言うと、ベイカーとアバグネイルの二人ともが、そろって胡散臭《うさんくさ》そうに目を細めた。サミュエルも手を止めて不思議そうに僕を見た。彼の眼球がガラス玉のように綺麗なことに今初めて気づく。

「魔法の残滓……ですか？　申し訳ないが、何を言っているのかさっぱりわかりません」

ベイカーが困惑気味に言った。それはそうだろう。僕だってラズダ女王が魔法の残滓を見ることができたと本で読んだ時は半信半疑だったし、そもそも魔法の残滓がどんなものなのかすらピンと来なかった。

「人が魔法を行使すると、空中や周囲の物体にその痕跡がしばらく残るんですよ。それを僕は見ることができるので、クインタスの捜索に活《い》かせるのではないかと」

「それが本当なら、かなりすごくないですか？　その跡を追えば犯人を見つけられるってことになりません？」

アバグネイルがベイカーの方を向き、同意を求めた。

「……そうだね。うちに来れば魔法犯罪捜査のエースになれる逸材だ。——ロイさん、その魔法の残滓とやらは、どれくらいの間その場に残るのでしょうか」

「空中だと風に流されてすぐ消えてしまいますが、建物や地面に付着したものだと数時間、素材によってはもっと長く残ります」

特に雲母《うんも》などの鉱物に魔法の残滓が付着していると、はっきりと見ることができるし、光が消えるまでの時間も長い。クインタスが高速で逃げていくときは魔力強化をしているはずだから、事件後にすぐに追いかければ、少なくとも強化を解く地点までは跡をたどれるはずだ。

「それならば確かに追跡は可能だ。正直なところ、ロイさんのその能力については、私はまだ信用し切れていませんが……現状打つ手がないのも事実。試しにやってみましょうか」

「それはよかった。クインタスを捕まえたいという思いは僕も同じですから、お互い協力していきましょう。またクインタスが人を殺したら、すぐにでも呼んでください」

話がまとまり、僕は肩の力を抜いた。アバグネイルが眉をひそめる。

「ロイ君、俺たちは人が死ぬことを前提に捜査をすることはない。それがどれほど難しいことだとしても、未然に防ぐために活動しているんだ」

アバグネイルは厳しい顔つきで、諭《さと》すように言った。

「ええ、もちろんそうでしょう。それがどうかしましたか？」

「どうって――君が、人が死ぬことを当たり前のように勘定に入れているのが気になったんだ」

言われてみればそうだ。また誰か死んだら呼んでくれだなんて、不謹慎だったか。合理的に考えたら、僕の能力はクインタスが事件を起こすまで捜査の役に立たないのだから間違ったことは言っていないが、これは道徳上の問題だろう。

人として当然のことを、僕はときどき見落としてしまう。

以前エルサにも似たようなことを言われた覚えがある。彼女は僕が研究者として、また人として間違った方向へ行ってほしくないというようなことを言っていた。彼女は僕のこうした部分を危惧していたのではないか。

「まあまあ、アバグネイル君。ロイさんには事件直後に協力を仰ぐのだから、彼の言うことは間違っちゃいない。それまでの捜査は私たちの領分だよ」

ベイカーがアバグネイルを宥《なだ》めるように言った。

「そう……ですね。すまない、ロイ君。こっちの都合を押し付けて」

アバグネイルは苦々しい顔で謝った。

「い、いえ。僕の方こそ、人の死を軽んじるような言い方でしたから」

捜査協力の詳細を詰め、ベイカーたちを見送った。サミュエルはクインタスの似顔絵の後に描いていた僕の顔の絵を別れ際に渡してきたが、どういう意図があったのか定かではない。サービスだろうか？

彼の描いた僕は、顔こそ似ているが僕じゃないみたいだった。どこが変というわけでもないのに、なぜだか怖いと思った。これが他人から見る僕ということだろうか。

僕は教室へと戻った。今日最後の授業がもうすぐ終わるというタイミングだった。馬車を待たせることもなく、ちょうど良い時間だ。

ベイカーが言うには、すぐにでも出版社と話をつけ、準備が整い次第クインタスの似顔絵を刷り始めるらしい。また頃合いを見て、『ラズダ書房』にでも寄ってみよう。

第一章

OLD ENOUGH
TO LEARN MAGIC!

リリィは目を覚ました。何かがおかしい。眠気は一瞬のうちに飛んでいった。部屋の中はまだ薄暗かったが、ベッドの脇に人が立っているのが見えた。背の高さから、その人影が夫でないことはすぐにわかった。

ついにこのときが来てしまった。状況を理解したリリィは、考えるよりも先に、隣で眠る息子のルビィを守るように抱きかかえた。目を閉じ、来るはずの衝撃が来ないまま時間だけが過ぎる。

「あなただったのか」

男の声がして、リリィは目を開いた。

「私だったら何？　見逃してくれるのかしら」

「質問に答えれば見逃してやってもいい」

「優しいのね。あなたを逃《にが》したのはエルサでしょう？　私はただ彼女を手伝っただけ」

「殺してほしいのか？」

「いいえ。でもあなたが望む答えはあげられない。残念だけど、あなたの妹を治すことはできないわ」

「……そうか」

朝日が差し込み、男の金色の瞳が僅かに揺れるのが見えた。彼は落胆を隠すように目を閉じ、再び開かれたときには、もう動揺の色は消えていた。

「伯爵はどの部屋にいる？」

「廊下の突き当たりよ」

「……いいのか？」

「ご自由に」

リリィは興味なさそうに言って、また眠りに戻るように目を閉じた。

男が部屋から出ていく気配がした。それから少しして、物音が微《かす》かに聞こえてきた。夫はアヴェイラム派の議員だから、これまでのやり口からすると四肢を切断されたのだろう。今は失血死しないように治療されているはずだ。研究者は殺し、政治家は四肢を奪うのが彼のやり方だ。

それからまた少し経《た》ち、庭の方から音がした。窓から飛び降りたらしい。鮮やかな手口だった。屋敷に侵入してものの数分で、大きな音を立てることもなく犯行を終えたのだ。

外がだいぶ明るくなった頃、リリィは体を起こした。眠るルビィの頭を優しく撫《な》でてからベッドから抜け出し、もうずっと入っていない夫婦の寝室に向かった。

＊

朝、学園に到着し、馬車から降りて校舎に向かう途中、僕を呼ぶ声が聞こえてきた。声の方を振り向くと、門の近くにアバグネイルが立っていた。前に会ってからまだ一週間も経っていない。こんな朝早くに待ち伏せしていたということはまさか……。

「新たな犠牲者が出たんです。今すぐいっしょに来てください」

切羽詰まった様子でアバグネイルは言った。僕は黙って頷《うなず》き、アバグネイルについていく。

門から少し離れたところに馬車が一台停《と》まっており、アバグネイルに続いて乗り込んだ。ベイカーは乗っていない。アバグネイルが言うには、ベイカーは現場に残っているとのことだった。

馬車での移動中にアバグネイルから事件の詳細を聞かされる。犠牲者は一人。アヴェイラム派閥の有力貴族であるリビィ家の当主だった。

犯行場所は、アルクム通りと交差する道を北に上っていったところにあるリビィ家の屋敷内、夫妻の寝室にて。四肢を切断され、傷口を治療された状態で動けないところを、別の部屋で息子と寝ていた夫人が発見したそうだ。

息子の名前はルビィ。数年前に起きた連続誘拐事件の被害者であり、僕とヴァンによって救出された大人しい少年だ。あれ以降、学校で顔を合わせれば声をかけるくらいには親しい。

今ルビィは家にいるのだろうか。父親が被害に遭った心境はどれほどのものか。惨《むご》たらしい光景を目の当たりにした彼の心境は想像が及ばない。

「乗り込み口、少し開けてもいいですか?」

右を向いてアバグネイルに尋ねる。

「ええと、現場はもう少し先だけど……」

「クインタスがこの道を通ったかもしれないので、念の為《ため》、痕跡の確認を」

「そういうことだったら、もちろん構いませんよ。落ちないよう十分に気をつけて」

僕はドアを開け、枠に手をかけて身を乗り出した。目を魔力で強化し、地面を見るが、魔法の残滓《ざんし》を確認することはできなかった。つまりクインタスはこの道を通っていない……と断定することは、残念ながらできない。もしやつが身体強化魔法を使わずに逃げたとしたら残滓は確認できないからだ。急いで逃げたなら使っている可能性が高いが、徒歩や馬車で現場を離れていないとも限らない。

「ダメですね」

僕は腰を下ろし、肩を竦《すく》めた。

「そうですか……」

アバグネイルは残念そうに息を吐いた。


馬車は速度を落とし、やがて止まった。ドアを開けて飛び降りると、蹄鉄《ていてつ》が石畳を叩《たた》く音を聞きつけたのか、ちょうどベイカーが屋敷の玄関から出てきた。

「やあ、ロイさん。おはようございます。待っていましたよ」

家に招いた友人を出迎えるかのような気軽さで、ベイカーが言った。殺害現場とは思えない落ち着きっぷりは、気負った様子のアバグネイルとは対照的だ。

「おはようございます。状況は？」

「今ひと通り使用人たちの証言を聞き終えたところです。ご主人は意識を失っていますが、医者が言うには命に別状はないようです。犯行の手口から、クインタスによるものであることはほぼ間違いないでしょう」

「それほどの剣術と治癒魔法の腕を併せ持つ者は彼以外考えにくいですからね」

「はい。第一発見者はご夫人のリリィさん。彼女は夫妻の寝室ではなく、お子さんのルビィさんの寝室で寝ていたようです。明け方に夫人が物音で目覚めると、犯人がベッドの脇に立っていて、今にも切りかかる寸前だった。彼女が隣で眠るルビィさんを守るように抱きしめ、目を瞑《つぶ》っていると、犯人は何もせずに部屋を出ていったそうです。夫人はしばらく部屋で放心していたようですが、ご主人の安否が気になり、夫妻の寝室へと向かいました。そこで血だらけのベッドの上に横たわる四肢を切断されたご主人を発見したというわけです」

「明け方の犯行ですか。つまり、まだ二時間も経っていないということだ。それくらいなら魔法の残滓はまだ残っているはずです」

「それはよかった。では、すぐに三階の寝室へ向かいましょう。時間が惜しいですから」


リビィの屋敷は僕の家と構造は似ているが、雰囲気はまるで違った。

直截《ちょくせつ》な物言いをすれば、不気味だ。玄関から夫妻の寝室へと向かう途中、いたるところに人形が飾られていて、それらに見張られているという感覚が背筋を寒くした。

二階まで上り、廊下を歩いていると、前方から女性が歩いてきた。広がりの少ないカジュアルな黒のドレスを着ている。彼女がリリィ・リビィか。恐ろしいほどに整った顔立ちをしている。夫が大変な目に遭った直後だからか、顔色が良くない。動かずに座っていたら、陶器人形の一つと見紛《みまが》いそうだ。

「リリィさん。こちら、先ほど話していた、捜査関係者のロイ・アヴェイラムさんです」

ベイカーが僕をリリィに紹介した。僕の名前を聞いて彼女は目を見開いた。本当に人形だと思っていたわけではないが、彼女の人間らしい反応に僕はどこかホッとする。

「はじめまして、ロイ・アヴェイラムです。お悔やみ申し上げます」

「まあ、これはご丁寧に」

彼女の声は意外にしっかりしていた。

「勝手に上がり込んでしまい、申し訳ない」

「いいえ。もう一人来ることはベイカーさんから聞いてたから。ただ……まさかあなただとは思わなかったわ」

僕だとは思わなかった……か。捜査関係者が来ると聞いていたのに現れたのが子供だから驚いた、というニュアンスではなく、僕個人に限定しているような物言いだ。ああ、そういえばルビィの母親はエルサと同じ研究所の研究者だったか。

「たしか母の同僚だとか？」

「ええ、そうなの！　エルサとは学園の頃からずっといっしょなのよ」

リリィが嬉《うれ》しそうに言った。まるで恋する少女のような表情だ。さっきまでの人形のような印象はにわかに消え去った。

エルサに仲の良い友人がいるなんて想像もつかないが、彼女にだって学生時代はあったのだと気づかされる。エルサはどんな学生生活を送っていたのだろう。気になったが、ベイカーの咳払《せきばら》いで当初の目的を思い出した。

「リビィ夫人は母と仲がよろしかったのですね。またぜひ、お話を聞かせてください」

「ええ、またすぐに」

リリィは僕に目礼をすると、階段の方へと歩いていく。しっかりとした足取りだった。クインタスからルビィを守ったという話だから、心の強い女性なのかもしれない。


廊下の突き当たりが夫妻の寝室だった。ドアは中から施錠してあったのか、ノブのところが綺麗《きれい》に切り取られていた。クインタスはワイズマン教授の腕を魔法の剣で容易《たやす》く切り落としていたから、それでやったのだろう。

中に入ると、焦げ臭さが鼻をついた。

「なんか、ステーキのような香ばしい匂いしません？」

僕の後から入ってきたアバグネイルが鼻をすんすんと鳴らす。

「切断した手足を焼いたんだろう」

ベイカーが何の気負いもなしに言った。それを聞いたアバグネイルは、うっとうめき声を上げ、手のひらで鼻を覆った。

「見たところ燃えカスは残っていないようですが……」

僕は部屋を見回しながら疑問を口にした。

赤黒い染みが広がる寝具やカーペット。炭になった主人の手足は見当たらない。

「おそらくですが、血が垂れないように切断面だけ焼いてから持ち去ったのでしょう。その場で燃やすのがクインタスの手口ですが、現場からやや離れた場所で燃やすケースも過去にはありました。今回もその可能性は高い。夫人に目撃されたのもあって、時間的な余裕もなかったのでしょう」

聞けば聞くほど、クインタスの異常性が浮き彫りになる。まだ薄暗い明け方、街で切断した手足を持った男に遭遇することを想像すると恐ろしい。

しかし、成人の両手足となると、かなりの体積になるし、何より嵩張《かさば》る気がする。布袋か何かが欲しいところだ。

まあいい。推理は巡察隊の役目だ。僕は僕の役目を果たそう。

僕は目を魔力で強化した。シーツや捲《めく》れ上がった掛け布団には大きな血の染みが付着しているから、主人の手足が切断されたのはそのあたりだろう。魔力で強化された目で見ると、予想通り、オレンジの蛍光色が付着しているのがはっきりと見えた。

身体強化魔法によって残る色にしては濃いような気がする。魔法剣を使うと魔法の残滓は高濃度になるのだろうか。

床に視線を落とすと、カーペットにも魔法の残滓が付着している。部屋の入口からベッドまでと、ベッドから窓まで跡が続いていた。この跡から判断すれば、犯行後クインタスは窓から脱出したように思える。しかし窓は閉じられていた。

「魔法の残滓というのは確認できますか？」

ベイカーが僕に問う。

「入口からベッドに向かって跡がついています。ベッドの上が一番濃い。ベッドから窓に向かって移動した形跡があります。窓から逃走しようとしたように見えますが……閉じられているのは腑《ふ》に落ちませんね」

「ふむ、それでは窓から飛び降りて逃走したと考えて良さそうですね」

「どういうことですか？　窓は内側から鍵がかけられているようですが？」

「いえ、それは私が閉めました」

「はい？　閉めた？　なぜそんなことを？」

証拠を消してしまうようなベイカーの行動に当惑する。

「ロイさんの能力のことは、まだ信用していないと言ったでしょう？　だから試したのですよ。窓が閉められた状態で、クインタスが窓から逃走した痕跡をロイさんが見つけることができれば、能力が本物だとわかる、というわけです」

油断ならない男だ。

「……理解しました」

「疑ってすみません」

「いえ、構いません。必要なことでした」

「そう言っていただけてよかったです」

抜き打ち検査みたいで良い気はしないが、未知の能力を重大な捜査に組み込もうというのだから、妥当な行為だ。僕としても信頼を手っ取り早く得ることができてよかった。


裏庭に出て寝室の窓の真下あたりを調べると、建物から五歩ほど離れたところの芝がめくれ、その下の土が露出していた。

クインタスが着地した跡だと思われる。魔眼で見るとその部分の光が一番強い。着地する瞬間に強めに身体強化をしたらしかった。今度試してみよう。

「向こうの方に逃げていったようです」

僕は跡が続く方向を指差した。着地した場所から、建物に対して残滓が平行に延びている。

「とすると、林を抜けたらしいね」

ベイカーがすでに葉の落ちた雑木林を睨《にら》みつけた。

「警部、どうします？　クインタスが道のないところを逃げていったとしたら、馬車で追いかけるのは無理じゃないですか？」

アバグネイルが困ったように眉を下げた。

「足を使うしかないだろうね。骨の折れる仕事になりそうだ。ロイさん、かなり歩くことになると思いますが、構いませんか？」

今日は学園を休むことになりそうだ。優等生と名高い僕の評判に傷がついてしまうだろうけど、我慢するしかないな。

「構いませんが、学園への欠席の連絡だけお願いできますか？」

「隊員を一人、学園へ送っておきましょう」

僕とベイカーとアバグネイルの三人は、雑木林の方へと歩きだした。

「あそこに一際濃い残滓が見えます」

雑木林の中を十分ほど進んだところ、オレンジ色に強く光っているところに辿《たど》り着いた。アバグネイルが僕が指差した方向に小走りで向かう。

「これ、燃やした跡じゃないですか？　その……手足を」

そこは、焚《た》き火《び》の跡のように炭で黒くなっていた。灰色の骨のようなものも見える。

「そのようだね。こちらへ逃げたようで間違いなさそうだ」

ベイカーが頷いた。

雑木林を抜け、そこからさらに数時間歩き続けた。朝出発したのに、太陽はすでに頂点を通り過ぎている。

「結構郊外まで来ちゃいましたね。もう建物も減ってきましたし。いったいどこまで逃げたんだ、クインタスの奴《やつ》」

アバグネイルが息を切らし、愚痴る。三人の中で一番体力がありそうな年齢なのに、見るからに一番疲れているのは彼だ。僕は日々の魔力循環のおかげか、まったく疲れていない。ベイカーは僕の父よりもう少し上の年代で、そろそろ体力の衰えを感じ始める頃だろうに、そんな素振りはいっさい見せない。犯罪者からしたら、彼のような男に追われるのはさぞ嫌なことだろうな。

と、クインタスの魔法の残滓が突然見えなくなった。時間経過で光が消えてしまったのではなく、この場所で途切れているのだ。

僕が立ち止まると、ベイカーとアバグネイルも少し遅れて足を止めた。

「ロイ君？　どうしたんですか？」

アバグネイルが僕の顔を見た。

「痕跡がここで途切れています」

「ここで？」

ベイカーとアバグネイルが周りを見た。建物は疎《まば》らで、昼間だというのに人通りがほとんどない場所だ。

「この先って何かありましたっけ」

アバグネイルが首をかしげた。

「この近くには来たことがあるよ。たしか、その丁字路を左に行けば主要道路に出るはずだ」

ベイカーが前方を指差した。

「人通りの少ない道を使って逃げてきて、十分離れたと思って大きな通りに合流したってことですかね。ここら辺に住んでるとか」

「そうだと嬉しいね。周辺の宿屋なんかは後から調べるとして、もう少しだけ先に進んでみよう。痕跡がまた現れるかもしれない」

ベイカーの言に従って、僕たちは再び歩きだした。

「どっちに行きます？　右に行っても何も無さそうですけど」

丁字路に差し掛かり、アバグネイルが右を見ながら言った。その道は上り坂になっていて、ここよりもさらに奥まった場所に通じている感じだ。

「クインタスが拠点にしているのは、きっと誰も住んでいない空き家とか廃墟《はいきょ》でしょう？　こっちの寂しい道が意外と当たりかもしれませんよ。隠れ家に続いてそうじゃないですか？」

アバグネイルが言った。

「いやあ、私もそう思うんだがね、迎賓館の講演会に現れたときはちゃんとした格好をしていたというのが引っかかってね。社会から完全に断絶された状態の人間が身なりを整えるのは、少しばかり手間だと思うんだ。意外と普通の生活をしているかもしれないよ」

「そういうもんですかね？　じゃあ左に行きます？」

「……いや、先に右を潰しておこう」

行く方向を決めて歩きだした二人に僕は黙ってついて行く。細い坂道を上る。一応舗装はされているから、この先に何もないということはないだろうけど、少し歩くと道の両側に枯れた木々が見え始めて、薄気味の悪さを覚えた。

「警部はこの先に何があるか知ってます？」

「さあ。私も来るのは初めてだからね」

しばらく歩くと、道の両側に生い茂る木々が消え、開けた場所に出た。そして僕たちの前方に現れたのは、横に長い灰色の、二階建ての建物だった。もとは白かったものが年月を経て汚れていったような、時の流れを感じさせる色だ。門は赤く錆《さ》びついていて、素手で触るのは躊躇《ためら》われた。

「――ああ、そういえばここに精神病院があったね」

ベイカーが思い出したように言った。

「精神病院、ですか？」

馴染《なじ》みのない言葉を耳にしたみたいに、アバグネイルが復唱した。僕もそんなものがこの国に存在するとは知らなかった。

「ほら、そこに」

ベイカーは顎をしゃくり、門の横を見るように促した。

――グレイリッジ精神病院――

「――クインタスが来るような場所には思えないですね」

アバグネイルが首を傾《かし》げた。

「己の精神の異常性にようやく気がついて、自ら収容されにきたのかもしれませんね」

そんなはずはないと思いながらも、少しだけ期待を込めて僕は言った。

「はは、まさか。でも、そうだったらいいですね！　ん？　逆によくないのか？　クインタスがここにいるとしたら、これから鉢合わせることになるわけで……」

アバグネイルはベイカーの顔を恐る恐る窺《うかが》う。

「このまま何もせずに帰ったら、ここまで来た意味がないじゃないか。当然中に入って調べるものは調べるよ。とはいえ、クインタスはロイさんの顔を覚えているだろうから、もし本当に中にいたらまずいことになるかもしれない。――そうだ、ここはいったんアバグネイル君に一人で行ってもらおうか。私とロイさんは近くの茂みに隠れているから」

「お、俺一人でですか？　ロイ君はわかりますけど、警部もいっしょに来たっていいでしょう！」

アバグネイルが顔を青くさせてベイカーに抗議する。

「人数は少ない方が怪しまれないよ。それに、アバグネイル君の方が素人っぽいからね。クインタスと鉢合わせたとしても一般人としてやり過ごせるさ」

ベイカーにすげなく断られたアバグネイルが助けを求めるように僕を見るが、僕もベイカーに賛成だ。ベイカーの眼光はカタギのそれではないから、クインタスじゃなくとも怪しまれそうだ。

僕はアバグネイルを応援するように大きく頷いた。彼は諦めて建物に向き直り、門に手をかけた。

僕とベイカーは坂を少し下り、木々の間に身を隠す。

少し待つと、アバグネイルがキョロキョロしながら坂を下りてくるのが見えた。ベイカーが彼を呼び寄せる。

「クインタスかはわかりませんけど、さっき背の高い男が面会に来ていたらしいです。その男はもうだいぶ前に帰ったみたいですけど。他には誰も来てないと言ってました」

僕とベイカーは顔を見合わせた。当たりを引いたかもしれない。

僕たちは再び坂を上り、精神病院の入口の扉を開けた。


病院の受付には不健康に見えるほどに肌の白い三十歳くらいのナースがいた。僕たちが近づくと、彼女は緩慢な動きで顔を上げた。ベイカーが巡察隊のバッジを見せると、彼女は警戒することもなく情報を話し始めた。巡察隊の影響力はアルティーリアの郊外まで広がっているみたいだ。それともこの女のプライバシー意識が緩いだけだろうか。

ベイカーは懐から筒状に巻いた紙を取り出し、広げてナースに見せた。

「面会に来た男はこの似顔絵の男ですか？」

「そうねえ、雰囲気はそんな感じだわ」

僕はアバグネイルと顔を見合わせた。

「その男はよくここに来るのですか？」

ベイカーが質問を続ける。

「ええ。数ヶ月に一回くらいかしら」

「数ヶ月に一回……それは多いのですか？」

「多いわ。ここに患者を連れてきた日が最後の訪問日になることも多いんだから。ふふ。年に一回でも訪ねて来れば、よく来る人と言ってもいいんじゃないかしら」

隣でアバグネイルが息を呑《の》んだ。つまりここは、そういう場所なのだ。

「うぁあうぅううう」

廊下から何かの叫び声が聞こえてきた。その声に反応するように、続けてうめき声や壁を叩く音がそこかしこから響いてくる。人間の出す声ではないのに、それがたしかに人間の声帯から生まれる音であるとわかった。そんな、認識の隙間に入り込んでくるような声に、鳥肌が立つ。

少しの間、僕ら三人は廊下に意識が持っていかれた。受付のナースに視線を戻すと、彼女は何も聞こえていないかのように、変わらずにそこに座っていた。

さすがのベイカーにも動揺が見られる。彼は軽く咳払いをし、再び口を開いた。

「それで、彼が面会に来る患者さんに私たちがお会いすることは可能ですか？」

「いいわよ。話はできないけれど。私が案内するわ」

こんなに簡単に面会できるのかと驚く。患者と話ができないのはこの精神病院のルールだろうか。

ナースは立ち上がり、僕たちを先導した。僕たちは無言で彼女の後ろを歩いた。

建物の入口の扉をちらと振り返る。受付は無人となったが、不都合はなさそうだった。

階段を上り二階の奥の方へと歩いていくと、時折聞こえていた不気味な声がだんだんと遠のいていった。

「この部屋よ。部屋の中に入っても大丈夫よ。彼女はおとなしいから」

ナースの言う通り、中からは音一つ聞こえてこない。患者の凶暴性で区画を分けているのだろうか。ここら辺は人の気配を感じないほど静かだ。

ナースはカギを開け、躊躇《ちゅうちょ》なくドアを開いた。クインタスが面会に来る精神異常者とはいったいどんな患者だろうと戦々恐々としていた僕の前に姿を見せたのは、僕と歳《とし》のそう変わらないくらいの髪の長い少女だった。部屋の奥のベッドに腰掛けたまま、身じろぎ一つせず、じっと壁を見つめている。

寝ていると思っていたから、驚く。アバグネイルも同じことを思ったのか、入るのを躊躇した。

ベイカーだけは気にせずに入室し、僕らも彼に続く。

「反応がないですねぇ。人が入ってきたことに気づいてないようだ」

「その子はずっとそんな感じよ」

「さきほど話ができないとおっしゃったのは、病院のルールなどではなく、このことだったのですね」

ベイカーが入口で扉に寄りかかっているナースを振り向いて言った。

「あら、言葉が足りなかったみたいね。その通りよ。話しかけても何の反応も示さないから、会話ができないの」

「反応を示さない、ですか。なるほど。……試してみても?」

「私が見てる間なら」

ベイカーは少女の前まで移動し、屈《かが》んで彼女の顔を覗《のぞ》き込んだ。

「ふむ。なるほど」

ベイカーは、それからしばらく、話し方や声の大きさを変えながら少女の反応を窺った。ナースは時間制限を設けなかったが、飽きずに付き合ってくれた。淡々とした態度に似合わず、対応が良い。あの受付で椅子に座って患者の叫びを聞き続けるよりは、僕らに付き合う方がマシなのだろう。

「瞬きはするね。動くものに釣られて眼球も動く。不思議ですね。これはどういった病気なのですか?」

「精神の病ってね、症状が本当に多岐に亘《わた》るから、病名がわからない、もしくはまだ命名すらされていないこともざらなのよ。彼女もその一例。どういう病気かはわからない。音や光に反応することはあっても、自発的に行動することはほとんどない。ただ——」

ナースはつかつかとベイカーの後ろを通り、部屋の左隅に置かれた本棚から本を一冊引っ張り出し、それを少女の膝の上に置いた。少女は本を手に取り、真ん中あたりまでページを捲った。眼球が上下に動くのを見る限り、ちゃんと読んでいるように見える。

「これは……。彼女は本を読めるのですか？　ええとつまり、内容を理解して？」

僕は不思議に思ってナースに尋ねた。

「私は理解していると思っているわ。今彼女が開いたページは昨日私が本を取り上げたときに開いていたページだもの」

「取り上げた？」

「ええ。この子、本を与えるとずっと読み続けるのよ。彼——面会に来る男が言うには、こんな風になる前から、読書が大好きな子だったんですって」

少女がページを捲る。

「本を読むという行動だけは自主的にするわけですか。不思議ですね」

「自主的とは言えないわ。私たちが与えない限りは自分から本棚に本を取りにいくことはないの。病気になる前に繰り返していた行動を反射的に取っているだけじゃないかって、院長は言っていたわ」

反射か。起きているのに植物状態と言ったところだろうか。

「しかし、個室に本棚ですか。しかもかなりの冊数。そういえば、部屋も随分と過ごしやすそうだ。広くてベッドも清潔そうに見える」

ベイカーが不審そうに言った。

「他の部屋はもっと質素なものよ。牢屋《ろうや》のようなところもあるわ」

「へえ、そうなんですね。部屋はどういう風に患者に割り当てられているんですか？」

アバグネイルが首を傾げる。

「面会に来る人がいると良い部屋を与えられるのよ。ナースたちのお世話も丁寧なものになるわ。だって、誰も訪ねて来ない患者の待遇を良くしてもしょうがないでしょう？」

ナースの発言にアバグネイルがごくりと唾を飲み、不快そうに眉をひそめた。

「それは、面会に来る人に見栄《みえ》を張るため、ですか？」

「少し違うわ。誰かが面会に来る患者というのは、少なくとも一人はその患者の生を願う人がいるということ。私たちはそうやって命に順序をつけているの。もちろんその他の理由もあるけどね。たとえば症状の差異だったり、親族から支払われる金額の多寡だったり。でも、そういった経営上仕方のない理由を除けば、やっぱり訪ねてくる人の多さや頻度が大事だわ」

「それじゃあ、面会者がゼロの患者は命の価値がないとでも？」

「そうね」

淡々と告げるナースと、怒りを抑えるように声を震わせるアバグネイルが対照的だった。

リソースに限りがなければ、すべての患者に最高の待遇を与えればいい。現実はそうではないのだから、限りあるリソースを何らかの基準で分配しなければならない。ナースの言っていることはそういうことのように聞こえる。そしてそれは、僕には正しい言い分に思えた。でもアバグネイルにとってはナースの発言は正しくないことで、たぶん多くの人にとっても正しくないのだろう。価値観の違い……なのだろうか。それとも僕の倫理観が歪《ゆが》んでいるだけなのか。

「難しい話だねえ。素人が軽々しく口出しする話ではないかもしれないね」

ベイカーがそれとなくアバグネイルをたしなめた。アバグネイルは何か言いたそうにしつつも口を噤《つぐ》んだ。

「――ところで、これらの本も病院が購入を？」

ベイカーが話を戻した。

「本はすべて面会の彼が持ってきたものよ。以前は直《じか》に床に積んでいたけれど、いつだったか、彼が本棚を下の町でわざわざ買ってきて、持ち込んだの」

面会に来ているのが本当にクインタスだとしたら、その行動は彼とは結びつかない。

「なるほど、そういうことですか。その男とこの少女の関係はご存じですか？」

「きょうだいよ」

「きょうだい!?」

暗い顔で何やら考え込んでいたアバグネイルが驚きの声を上げた。

「え？　ええ。本人もそう言っていたし、病院にもそう登録されているはず。まあ、本当かは知らないけど……少なくとも顔は似ているわよ」

「クイン……じゃない。あの男に妹が？　しかも、話を聞く限り、それなりに大切にしているみたいだけど」

アバグネイルは納得のいかない顔だ。

「――いや、あり得る話だ。似顔絵と比べてみても、やつの面影があるように思う。ロイさん、彼女の顔を正面から見てもらえませんか？」

ベイカーは部屋の入口付近に立っている僕に手招きをした。僕はベッドの横に移動し、少し屈んで彼女の顔を見た。

クインタスと同じ目をしている。

まず初めにそう感じた。あの爬虫類《はちゅうるい》のような黄金の瞳は、僕の記憶に刻まれている。金色の目を持つ人間はクインタスの他に見たことがない。目の前の少女がクインタスの妹であることは、ベイカーが言う通り、たしかにあり得そうだ。性別や年齢の違いからか、クインタスよりはいくぶん柔らかい印象を受けるが、この目に睨まれたらクインタスの恐ろしさがフラッシュバックして竦み上がるかもしれない。

では、目以外のパーツはどうだろうか。似ているとは思うが、確証が持てるほどクインタスの顔を間近で見ていないからなんとも言えない。この少女がクインタスみたいに険しい顔の一つでもしてくれればわかるかもしれないけど、僕がどれだけ失礼なことをしようとも、彼女の顔の表情は変わりそうになかった。

「似ている……と思います」

「そうですか」

「――あの、そろそろ出ませんか？　ここではほら。話しにくいこともあるでしょう？」

僕は一瞬だけナースを見やった。

「それもそうですね」

僕の意図が通じたようで、ベイカーは頷いた。

僕らは部屋を出た。思わぬ収穫を手にして。ナースが扉を閉める前に、隙間から少女の姿を最後にもう一度見た。変わらず、みじろぎひとつせずに膝の上の本を読んでいた。

扉がバタンと閉められ、少女の姿が見えなくなる。少女は束《つか》の間《ま》の闖入者《ちんにゅうしゃ》のことなど最後まで認識していなかったみたいだった。肉体は同じ世界に存在しているのに、意識だけが別世界へと旅に出ているかのようだった。

「ベイカー警部、遅いですね」

警部は知りたいことがあるとかで、僕とアバグネイルだけ先に病院の外に出てきた。

「ですね。もしかしてあのナースを口説いてる――なんてことは、警部に限ってあり得ないか」

「そうですか?」

ベイカーはもう四十代らしいけど、いい歳の取り方をしていると思う。

「あの人は奥さん一筋だからなぁ……。周りに再婚を勧められても聞く耳持たないですし」

アバグネイルがやれやれといった感じで肩をすくめた。再婚——ということは、すでに離婚したか、もしくは先立たれたということだろうか。不躾《ぶしつけ》に聞くのは躊躇われる話題だから、僕は話の方向を少し変えてみる。

「では、アバグネイルさんがあのナースにアプローチをしてみては?　歳も近そうなので」

彼女は二十代後半のアバグネイルより少し年上くらいに見えた。

「いやぁ……。俺は遠慮しておきます。美人でもあの性格だと合わないでしょうし。ロイ君も気をつけた方がいいですよ。顔の相性より性格の相性を重視した方が長く続くんです」

アバグネイルの声には実感がこもっていた。きっと、過去にお互いの顔だけを見て、付き合った後に後悔した相手がいたのだろう。彼自身、顔だけなら悪くはないからな。さっきあのナースに突っかかっていたのを見れば、馬が合わないのは明らかだ。

「それに彼女、表情も声も動きが少なくて、なんというか、病院の雰囲気も相まって——」

「気味が悪い?」

「そう。ロイ君はそうは思わなかったかい?」

「さあ。この場所で満面の笑みを浮かべるナースがいたら、そちらの方が恐ろしいでしょう。彼女だってプライベートでは笑顔溢《あふ》れる女性かもしれませんし」

「それはそれで怖――いや可愛《かわい》い、のか？　あーだめだ。わけわからなくなってきた。待てよ、そもそも女の魅力ってなんなんだ？」

アバグネイルは思考の迷宮に迷い込んでしまったようだ。しかし、こんな風に他人の思考能力を奪えるほどミステリアスな人間のことを、魅力があるというのかもしれない。謎の多い人のことは知りたくなるものだ。普段から特に意味もなく意味深なことを呟《つぶや》き続ければ、その人の魅力はどんどん高まっていくのかもしれない。

「――待たせてすみませんね」

アバグネイルとくだらない話をしているうちに、ベイカーが建物から出てきた。

「ほんとですよ。何してたんですか？」

思考の迷宮から無事抜け出せたらしいアバグネイルがベイカーに尋ねる。

「クインタス――と思われる男のこれまでの面会記録を見せてもらったんだ。写すのに少し時間がかかってね」

「面会記録……。ああ、次に訪れる日を予測しようってわけですね？」

「その通り」

「何か法則性がありそうでした？」

ベイカーはその質問を待っていたと言わんばかりに口角を吊《つ》り上げた。

「大当たりだよ。クインタスが犯行を行った日と面会日を照らし合わせてみるとね、おおよそ一致するんだ。四年前の最初の事件から、今日の事件まで。さすがに深手を負った日には来てないみたいだが」

「深手を負った日というと……四年前にルーカス・アヴェイラムがクインタスを撃退した日ですね？」

「それと、ロイさんが活躍した迎賓館の事件の日だね」

「ということは、面会の男はクインタスで間違いなさそうだな……。いやあ、大当たりじゃないですか！　やりましたね、警部！」

「そうだね。まだクインタスの正体はわからないままだが、解決の糸口すら摑《つか》めなかったこれまでと比べたら、大きく前進だ」

二人は顔を綻ばせた。喜びというよりは、安堵《あんど》で思わずという表情に見える。遅々として進展しない捜査に、王都の治安を任されている部隊として、計り知れないプレッシャーがあったに違いない。

そろそろ行きましょう、と二人に声をかけ、僕たちは坂を下り始めた。

「気になるのは、あの少女が何者なのか。クインタスは、まるで成果報告をしに彼女に会いにきているみたいだ」

実は彼女が黒幕で、クインタスは実行犯なだけだったりして。

「ナースに彼女の情報を見せてもらいましたが、詳しいことはほとんど書かれていなかった。名前も身元も正しいかはわからない」

「いい加減な管理してますね」

アバグネイルが呆《あき》れたように言った。

「いや、それも仕方ないのだろうね。患者を入院させるときに身元を隠して連れてくる家族は結構多いらしい。精神病を患った人間が身内にいることを恥だと思う人は少なくないからね」

「そんな……。それじゃあ、あの病院の患者のほとんどは、どこの誰かもわからないんですか？」

アバグネイルが声に悲しみを滲《にじ》ませた。

「いや、あのナースが言うには、病院も誠意を見せてもらえれば融通を利かせるようだ」

「誠意って――はぁ、なるほど。本当に真っ黒ですね、あの病院」

アバグネイルは後ろを振り向いて、もう見えなくなった灰色の建物の方角を睨みつけた。

「しかしね、その誠意のおかげで成り立っている部分もあるんじゃないかと、私は思うよ」

ベイカーの現実的な意見にアバグネイルは黙り込んだ。

残念だな。少女の保護者連絡先としてクインタスの住所が登録されていれば完璧だったのに。用心深い男だ。指名手配されながらも、何年もの間、逃げおおせるだけはある。

「しかし、クインタスは経済的な不安を抱えてはいないようですね。正体がますますわからなくなってきたな」

僕はため息をついた。僕が今までクインタスに対して描いていた、どこかの廃墟で息を殺して身を潜める男のイメージと、病院に賄賂を送る裕福な男という犯人像は重ならない。犯行の野蛮さにばかり目が向いていたが、思えば迎賓館で人々を虐殺した男は、貴族の間に紛れても違和感のない、上品な感じの若い青年だった。自信に裏打ちされた堂々とした歩き方は、高位の貴族か若い起業家を彷彿《ほうふつ》とさせた。

「平均的な王都民の所得は、優に上回っているでしょうね。もしくは、十分な財産を持っているか。ビジネスに成功したブルジョワ市民か？　貴族という線も濃厚になってきた。リビィ夫人を見逃したのも不可解だ。まさか子を守る母の姿に感化されたわけでもあるまい――」

ベイカーはぶつぶつとクインタスのプロファイリングを始めた。考え事をするときの癖か、彼の歩く速度が上がり、必然的に僕とアバグネイルも置いていかれないように早歩きになる。

クインタスの正体について、世間では、身長が三メートルもある大男だとか、手足が何本も生えているだとか、それはもう荒唐無稽な語られ方をしていて、ほとんどは誰も本気で信じてないような都市伝説程度のものでしかないが、ひとつだけまことしやかに語られる噂《うわさ》がある。『クインタスは魔人である』という噂だ。僕も半分くらいはその話を信じていた。あの男がグラニカ王国を弱体化させるために魔人領から送り込まれた刺客だとすれば、奴の行動原理に説明がつくからだ。

しかし、さっき少女を間近で見ても、人間との外見上の違いは見られなかった。目の色だけは見慣れない色だったが、それだけだ。

兄妹という話が事実だと仮定すると、彼女が人間ならばクインタスも人間ということになる。

「ベイカー警部は、クインタスのあの噂のことを知っていますか？」

何やら考え込んでぼうっと歩いていたベイカーに問いかける。

「ん？　ああ、クインタスが魔人だとかいう噂ですね？」

「はい。あの少女を見て、どう思いましたか？」

「外見は人間でしたね。私もその噂のことは考慮していたのでね、先ほどナースに探りを入れてみました。少女の身体《からだ》に変わったところはないかと。ナースは少女の着替えや清拭《せいしき》を担当することもあるらしいんですが、特段思い当たることはないといった様子でした」

クインタスが魔人じゃないとすると、犯行の動機はなんなんだ？　政治家に恨みを持つのはまだわかるが、研究者を殺す理由がわからない。人類にとって最も欠かせない人々じゃないか。

「警部、この後どうします？　クインタスの目的地がさっきの病院だってわかったわけですけど」

アバグネイルの声からは疲労が窺えた。僕も身体はまだ元気だけど、精神的な疲れを感じている。心が強くないと、あの精神病院に勤めるのは無理そうだ。

「クインタスの拠点もこのあたりかもしれない。もう少し調べてみよう」

クインタスの魔法の残滓は、結局それ以上は見つからなかった。僕らは駅馬車を利用して王都の中心まで戻った。アバグネイルに学園まで馬車で送ってもらったが、着いたときにはもう学園も終わる時間だったから、僕は教室へは行かず、アヴェイラム家の馬車が来るのを待ち、そのまま帰った。

第二章

OLD ENOUGH
TO LEARN MAGIC!

ジェラール・ヴィンデミアは、代々続く酒屋の一人息子である。家が裕福な彼は、市民でありながらも、貴族やお金持ちの子女が通うアルティーリア学園附属の初等学校に入学することができた。附属校に通う生徒は、もともとは貴族の子女が多くを占めていたが、現代ではジェラールのような市民も多く通っている。ここ数十年の経済発展は目覚ましく、資産を貯《た》め込んだ中産階級の親たちが、より良い教育を子に受けさせようと、挙《こぞ》って名門校に通わせ始めたからだ。

ジェラールもそんな親を持つ一人だ。持ち前の明るさや運動神経のよさを遺憾なく発揮し、彼は入学してすぐにたくさんの友人に囲まれた。毎年開催される運動会でも、ヴァン・スペルビアには敵《かな》わなかったものの、学年で二番目の成績だった。運動ほどではないが、勉強だってできる方だ。貴族の子女たちとの間にある暗黙の上下関係に不満はあったが、それでも市民階級の生徒たちからはリーダーのように扱われ、日々楽しく過ごしていた。

ジェラールの充実した学園生活に影が差したのは、三年生に上がってからだった。進級して二ヶ月ほど経《た》った頃だっただろうか、担任の先生から生徒会選挙の告知がなされた。規則上は誰が出馬しても良いが、毎年、アヴェイラム派から一人、スペルビア派から一人が出馬を表明し、派閥同士でいがみ合うのが恒例だという話だった。

貴族にいちいち気遣わなければいけないことを面白くなく思っていた市民の生徒は、当然それなりにいた。ジェラールもどちらかと言えば気に食わなかったから、半ば彼らに推される形で、市民代表として出馬することを決めた。

厳しい戦いになることは、最初からわかっていた。なぜなら、この年は、英雄の末裔《まつえい》であるヴァン・スペルビアがいたからだ。アヴェイラム公爵の孫であるロイ・アヴェイラムも同学年にいるのは知っていたが、彼はただ家がすごいだけの男だったから、まるで眼中になかった。そもそもロイ・アヴェイラムは選挙に出るつもりもなさそうで、代わりにスタニスラフ・チェントルムが出馬の意向を示していたから、ネームバリューからしてヴァン・スペルビア一強の様相を呈していた。ジェラールの思い描いていた勝ち筋は、市民階級の生徒から票をかき集めてヴァン・スペルビアを打倒する、というものだった。

しかし、蓋を開けてみれば、何一つジェラールの思い通りに事は進まなかった。英雄の末裔の大貴族だというのに市民の生徒にも別《わ》け隔《へだ》てなく接するヴァン・スペルビアに市民票は流れていくし、取るに足らないと侮っていたロイ・アヴェイラムが出馬を表明してからは、ジェラールの遥《はる》か上空で二人の高度な戦いが繰り広げられ始め、彼はただ見ていることしかできなかった。

そして運動会の日。市民票を少しでも取り戻そうと意気込んで臨んだジェラールを置き去りにして、上級生すら歯牙にもかけずに激戦を繰り広げるヴァン・スペルビアとロイ・アヴェイラム。彼らがゴールしたとき、ジェラールはそのずっと後方で絶望した。上には上があることを、八歳という若さで思い知らされてしまったのだ。

あの日、ジェラールは諦めた。凡人には自らの手で勝利を摑《つか》むことなど到底できはしないと。それでも、市民の生徒たちのためにまだやれることはあると考えて、必死に考えた。そして、ロイ・

アヴェイラムによる独裁を許すくらいなら、ヴァンに票をすべて捧《ささ》げ、少しでも一般生徒に良い待遇を、と考え、ヴァン・スペルビアと手を組むことに決めた。

しかし、その目論見《もくろみ》すら失敗してしまう。最初はロイ・アヴェイラムに勝ち目などないはずだったのに。生徒たちの票は、それ以上動きようのないほど固まっていたはずだったのに。

ヴァンが選挙に敗れたとき、ジェラールはすべてを失った。それまでいっしょに遊んでいた生徒たちも、妥協してヴァンの下についたくせに、それでも勝てなかったジェラールから、離れていった。

ジェラールはその後の三年間、ほとんど誰とも話さずに附属校を卒業した。魔力量が多かったせいでそのままアルティーリア学園への内部進学が決まり、本当は嫌だったが、喜ぶ親の前で無理やり作った笑顔で進学を決めた。

入学後、ルビィ・リビィと同じクラスになった。彼もジェラール同様、いつも一人だった。余り者同士が行動をともにするようになるのは、すぐだった。

ルビィは不思議な子だ。いつも何か考え事をしているのか、ふらふらと左右に蛇行して、真っ直《まっす》ぐ歩くことができない。人がすぐ近くを通るときは、わざわざ立ち止まって彼らに背を向け、通り過ぎるのを待つ。革製の筆記具入れに強い執着を見せ、運動の授業のときでさえ手放さない。ぱっと思いつくだけでも、彼の変わった行動はこれだけ挙げることができる。そして、ルビィのそういうところは、意地悪な生徒の目に留まりやすかった。

同じクラスにスペルビア派の、やたらと声の大きいグループがある。リアム・ドルトンを中心とした問題児の集まりだ。附属校の頃に彼らがルビィを揶揄《からか》って笑っていたのをジェラールは何度か見たことがあった。あるときロイ・アヴェイラムに釘《くぎ》を刺されたらしく、彼らも卒業するまではおとなしく過ごしていたのだが、学園に進学してからまた好き勝手するようになっていた。移動教室のとき、ルビィの頭を後ろからはたいて走り去っていったり、筆記具入れを奪おうとしたり。だけど、ジェラールには彼らを注意する勇気などなかったから、隣でただ黙って見ているだけだった。

ジェラールは学年で一、二を争うほどに背が伸びた。背の低いルビィといっしょにいると、二人は凸凹《でこぼこ》コンビだ。附属校の頃の生徒会選挙以降、他人の視線が苦手になったジェラールは、背が伸びるにつれて肩をすぼめる癖がついた。しかし、ルビィと二人並んで歩くと、やはり注目を浴びやすかった。ジェラールはそれが嫌だったし、リアム・ドルトンたちがルビィを揶揄うときは、自分までもが標的にされないかと、いつもヒヤヒヤしている。それでもジェラールは、ルビィの隣を離れようとは思わなかった。ひとりぼっちが嫌なわけではない。ルビィといっしょにいるのを悪くないと思っているからだった。

しかし、ジェラールは自分にルビィの友達になる資格があるのかわからなかった。ロイ・アヴェイラムのような天才であったなら、もっと自分に自信を持てたはずだ。同じ一年生だというのに、あのクインタスに怯《おび》えることもなく、勇敢に戦い、多くの人を救ったロイ。対して自分は、クラスのいじめっ子にさえ怯えて何もできず、ルビィを守ることができない。

ルビィの父親がクインタスに襲われたのは、新学期が始まってまもない頃だった。死んではいないが、例のごとく四肢を切り落とされてしまったらしい。その凄惨な事件は、ジェラールの理解の範疇《はんちゅう》を軽く超えていたが、ルビィ本人は事件後も休まずに登校し、普段と変わった様子もない。同じアヴェイラム派の生徒たちはルビィを励ますように言葉を投げかけた。派閥の外の人間からすると、アヴェイラム派の生徒たちは排他的で、貴族的で、近寄りがたい存在ではあるが、仲間内での結束力は強く、身内には優しいらしかった。隣にいるジェラールを完全に無視してルビィに声をかける彼らは、非常にアヴェイラム派らしかった。

事件から数週間もすると、悲惨な出来事の後に漂っていた教室の重い空気もようやく元に戻ろうとしている。昼前の授業が終わり、ルビィといっしょに食堂へ向かおうかというときに、教室の前の方から人を小馬鹿にしたような耳障りな声が聞こえてきた。

ああ、またか、とジェラールは内心で嘆息した。

「おーい、ルビィ・リビィくぅん。今からデズがモノマネするから、誰の真似《まね》か当ててみろよ」

そちらに目を向けると、いじめっ子グループのリーダー格の男子生徒、リアム・ドルトンが、隣の生徒――デズモンドの肩を叩《たた》いていた。

ジェラールは隣のルビィの様子をちらと窺《うかが》った。彼はリアムたちを無感動にじっと見ている。

肩を叩かれたデズモンドはニヤニヤしながら教卓の上に乗り、仰向《あおむ》けになる。教室は静かだった。

周りを見ると、クラスのみんながデズモンドがこれからいったい何をするのかと、控えめに教室の前方に注意を向けていることにジェラールは気づいた。

ジェラールは教卓の上に寝転ぶデズモンドに視線を戻した。そのとき、デズモンドは突然肘と膝を折り畳み、教卓の上でジタバタと芋虫のように蠢《うごめ》き始めたのだった。

「ルビィ、どこにいるんだぁ？　早く来てくれぇ！　手足がないから動けないんだぁ」

デズモンドが素っ頓狂な甲高い声を上げると、教室の空気が凍りついた。そんな中、ただ一人、リアムだけがぷっと吹き出し、ゲラゲラとお腹《なか》を抱えて笑い出した。それに釣られるように、笑いはいじめっ子グループ全員に広がる。

たちまちのうちに、ジェラールの頭に血が上った。顔が熱い。髪の毛に火が燃え広がったのではないかと、勘違いするほどだった。

「――やめろよ」

周りよりも一足早く声変わりの終わった低い声が、ジェラールの口から漏れる。しかし、笑い声にかき消され、リアムたちには届いていないようだった。

「やめろ」

ジェラールがもう一度低い声を出すと、笑い声は止《や》んだ。

「はあ？　なんだよ、負け犬」

リアムが教卓を叩き大きな音を立てた。睨《にら》みつけてくるリアムを、ジェラールは睨み返した。いつも通りジェラールは簡単に引き下がるとでも思っていたのか、予想外の反撃にリアムは一瞬たじろいだ。

「はっ。何マジになってんだよ。ただの冗談だろ？」

「やっていいことと、悪いことがあるだろ」

「えぇ？　何が悪いんですかぁ？　俺たちはべつに誰の真似かなんてひとっことも言ってないんですけど？　逆に特定の誰かを連想しちゃったお前の方が、やばいんじゃぁねーの？　なぁ？」

リアムが同意を促すと、仲間たちは底意地の悪いにやけ顔をジェラールに向けた。

「いやいやほんと、お前マジでやばいよ。ルビィ君かわいそー。でももう大丈夫だからな？　俺たちがこうやって負け犬ヴィンデミアの腐った性根を炙《あぶ》り出してやったからさ」

リアムが優しい声でルビィに語りかける。何を思ったか、教卓の上のデズモンドが再びジタバタと暴れ出した。

「ルビィ！　ヴィンデミアなんかと友達なんてやめるんだぁ！　こんな負け犬なんて、さっさと切り捨ててくれぇ！　パパの手足みたいに、さっさと切り捨てちゃってくれぇ！」

デズモンドがまた調子外れの声を出す。

ジェラールは駆け出していた。床を思いっきり蹴って一瞬のうちに教卓のところまで迫り、デズモンドに殴りかかった。異変に気づいたデズモンドが顔を庇《かば》うように右手を上げ、ジェラールの拳がデズモンドの前腕に突き刺さった。

ガリッと嫌な音が耳に響き、遅れてデズモンドの叫び声が聞こえてくる。床に落ちたデズモンドを放置し、ジェラールは教卓の隣に立つリアムを見た。彼の表情が、驚きから怯えへと変わっていくのが見えた。

「落ち着けって。悪かったよ。デズモンドのやつがやりすぎたんだ。はは……」

リアムの言うことは何一つ頭に入ってこなかった。ジェラールがゆっくりと近づくと、リアムは後退《あとずさ》りして、段差に躓《つまず》いて尻餅をついた。

これじゃあ殴りにくいな。そう思ったジェラールは、仕方がないからリアムの膝を思いっきり足で踏みつけた。

リアムの悲鳴がうるさい。

足をどけると、リアムの膝はあらぬ方向を向いていた。もう片方の足にも同じことをしようと思ったが、リアムが藻掻《もが》くせいで狙いが定まらない。

代わりに背中を蹴ろう。リアムは痛みに悶《もだ》えて丸くなった背中をこちらに見せているから、蹴りやすそうだ。

リアムにもう一歩近づき、右足を振り上げたとき、制服の裾のところを引っ張られる感覚がした。

「ルビィ……」

振り向くと、ルビィがすぐ隣に立っていた。彼を見てジェラールの頭は冷静さを取り戻す。

「食堂。行かないの?」

ルビィは、こんな状況でもいつも通りの様子だった。

＊

そうだ、クインタスの犯行動機を探るためにルビィ・リビィに話を聞きにいこう。そう思い立ってからすでに一週間が経っていた。近ごろ倫理観の欠如に悩む僕は、親が大変な目に遭った彼を前にとんでもない失言をしてしまうのではないかと恐れていた。会っても何を言ってやればいいのかとあれこれ考えているうちに週を跨《また》いでいた。

昼休みになり、『境界の演劇団』のプロパガンダを頑張っているペルシャが僕を置いてどこかへと行ってしまったため、ようやく今日決心がつき、ルビィのクラスへと向かった。

教室の中はなにやら騒がしかった。後ろの入口から中を覗《のぞ》くと、教卓の上の生徒がルビィの父親を馬鹿にするところだった。ルビィへのいじめはもうやめたと思っていたが、また始めたのか？学園に入学して僕の目が届かなくなったのをいいことに、またやんちゃし始めたのかもしれない。

ちょっとしたやんちゃなら放っておくけど、ルビィを傷つけるならさすがに黙っていられない。一言言ってやろう。そう思って教室の中に一歩踏み出そうとしたとき、背の高い生徒が素早い動きで教室の前まで移動し、教卓の上の生徒を殴りつけた。殴られた生徒は床に転がり、悲鳴を上げながらジタバタする。

背の高い生徒――たしか、名はジェラール・ヴィンデミアだったか――が今度は近くにいたもう一人の生徒、リアム・ドルトンに向き直った。リアムは怯えた表情で床にへたり込み、ジェラールは容赦なくリアムの膝を踏み潰し、蹲《うずくま》るリアムの背中を蹴ろうとする。

僕は反射的に目を魔力で強化した。予想通り、彼は身体強化を使っていて、青色のオーロラのような光が彼の脚の周りに見える。驚いたな。同学年に身体強化ができる生徒が僕とヴァンの他にいたなんて。

しかし、すんでのところでジェラールは思いとどまったようだった。どうやら、ルビィに服を引っ張られて我に返ったらしかった。

ジェラールとルビィが教室を出ていった後、足や腕が折れて泣き叫ぶリアムたちを眺めていると、扉の近くにいた何人かの生徒が僕に気づき、僕のすぐ近くにいた女子生徒が大きく仰《の》けぞった。失礼な。

「このクラスはいつもこんななのか？」

女子生徒に話しかける。

「い、い、いえ。今日は、と、特にひどいと思います……」

女子生徒が目玉をあちこちに動かしながら、小さな声で答えた。

「そうか。邪魔をしたな」

「い、いえ！　全然っ！」

僕はルビィとジェラールの後を追った。食堂につく前に彼らに追いついた。せっかくだからランチをごいっしょさせてもらおう。

背の高い男子は心ここにあらずだったが、ルビィから許可をもらって、三人でいっしょに昼飯を食べることとなった。


「ルビィ・リビィ、この前は……大変だったな」

「そうだね」

食堂のテーブルにつき、ルビィに何を言おうか迷った結果、結局無難な言葉を投げかけた。ルビィは大して気にした様子を見せずに、パンをもぐもぐ噛《か》みながら返事をした。

それほど気にしていないのだろうか。

いや、人の心のうちなんて外からじゃわからないものだ。まして、この僕がそこらへんの機微を正確に読み取れるわけもない。

「――それで、アヴェイラム君が僕らになんの用ですか？」

背の高い男子生徒の方が、疲れた様子で言った。

「ああ、ルビィ・リビィに用があってな――ところで、まだ貴様の名前を聞いていなかったな」

おそらくジェラール・ヴィンデミアで合っていると思うが、僕の知っている彼と少し雰囲気が違うし、背もだいぶ高いから、念のため尋ねた。

「……まあ、そりゃそうですよね。俺はジェラール。ジェラール・ヴィンデミアです」

「やはりヴィンデミアか。選挙以来だな」

「な、覚えてたんですね……」

「貴様、以前はもっと、陽気な感じではなかったか？」

「……そうだとしたら、変わったのはアヴェイラム君のせいかもしれない」

「はぁ？　何を言っているんだ？」

いや、ほんとに何を言ってるんだ？　選挙で僕に敗北したショックで性格が変わったくらいしか思いつかないが。首を傾《かし》げる僕を見て、ジェラールは首を横に振り、「冗談です」と言った。冗談のセンスがよくわからない。

「さっきの教室でヴィンデミアがクラスメイトを痛めつけているのを見ていたんだが――」

ジェラールが咳《せ》き込んだ。

「み、見てたんですか!?」

「ああ。だいたいは」

「あ、あ、あのさ、アヴェイラム君っ。俺、こんなところで暢気《のんき》に昼飯食べてる場合じゃないよね!?　ルビィが何事もなかったかのように普通に食堂に誘って来るから、俺も普通にここまで来ちゃったけど、俺が怪我《けが》させたのって、二人とも結構有名な貴族の子なんです！　絶対やばいですよね!?」

勢いよく立ち上がったジェラールに驚いてルビィの小さな体が跳ねる。

「食事中だ。平民は落ち着いて食べることもできないのか？　とりあえず座ってくれ」

多少は落ち着いたのか、ジェラールがすとんと腰を下ろした。

「いやいやいやいやいや、落ち着ける状況じゃないよ！　退学で済めばまだマシで、最悪死刑とか……」

全然落ち着いてなかった。ジェラールの顔色がどんどん悪くなっていく。

「死刑か。それなら最期のまともなランチくらい楽しんだ方がいいだろう」

「まあ、たしかに――って、んなわけないでしょう！」

「実際のところ、あの場で事の成り行きを見ていた僕からしても、貴様に情状酌量の余地はあると思うがな。それにドルトンたちはスペルビア派だろう？　無駄に正義感の強い派閥だから、自浄作用が働いて停学くらいで済むかもしれない。ヴァン・スペルビアがこのことを知って何もしないわけがないしな。ドルトンたちの親もスペルビア家からの圧力には屈するだろう」

「そう、ですかね……」

「僕も証言くらいならしてやらないこともない」

身体強化ができるジェラールを退学させるのはもったいない。ルビィと仲が良いなら、これからもジェラールにはルビィの護衛になってもらいたいところだ。

「あ、ありがとうございます……。意外と平民にも優しいんですね」

ジェラールが砂漠で水を見つけたような顔をした。それほど驚くことだろうか。たしかに僕は平民を下に見てはいるし、平民の生徒が一人くらい退学になろうと知ったことではないが、べつにこれまで彼らに対して特別に意地悪く接してきたつもりはない。むしろ、僕の行動によって市民階級の生徒は恩恵を受けているはずだ。ほら、送迎馬車とかいろいろ。

「貴族の務めだ。――ところで、ヴィンデミアはいつから身体強化ができるようになったんだ？」

「身体強化？」

ジェラールがキョトンとする。もしかして気づいていないのか？

「やけに簡単に骨を折れたと思わなかったか？」

ジェラールは、そのときの感触を思い出すように、右手を開閉させた。

「言われてみれば……」

彼の様子を見るに、さっき初めて身体強化をしたのかもしれない。大きな感情によって魔法の才能の壁をひとつ飛び越えたのだろう。死への恐怖やクインタスへの怒りで無杖魔法《むじょうまほう》を成功させた僕のように。視野が狭まり、意識が一点に向かっていく感覚だ。

魔法と感情。何か深いつながりがあるのだろうか。

「――ロイ君」

それまで黙っていたルビィが声を発した。

「うん？」

僕はルビィに顔を向けた。

「僕に用って何？」

ルビィに聞かれ、僕は当初の目的を思い出した。

「ああ、そうだった。君に聞きたいことがある。君の家がクインタスに襲われた理由に何か心当たりはあるか？」

ジェラールが責めるような視線を向けてくる。僕とて、事件後間もないのに当事者のルビィに根掘り葉掘り聞き出すことが無神経な行為だとは理解しているが、それでも、クインタスにあと一歩と迫った今、聞かないわけにはいかない。

精神病院で得られた情報は多いが、新たな謎も増えた。まずあの患者だ。あの少女がもし本当にクインタスの妹なら、クインタス魔人説は否定されることになる。では、やつが人間だとするとどんな人物なのか。社会のはみ出し者かと思っていたのに、病院に本をたくさん寄贈する程度には資産をもっていることもわかった。本は労働者階級の市民にとっては贅沢品《ぜいたくひん》だ。一冊買うことすら躊躇《ためら》われる。つまり、頻繁に本を買えるということは、少なくとも中産階級以上に違いなく、貴族という線もあり得る。

しかし、貴族がここまでバレずに活動できるだろうか？　社会的な地位が高いほどリスキーな行動は取りにくくなるものだ。加えてあの特殊な目の色。それなりの地位にいる人間なら噂《うわさ》にならないはずがない。

ルビィは何を考えているのか、それとも何も考えていないのか、僕と目が合ったままなかなか返事をしない。こういう相手は急《せ》かすと余計話さなくなりそうだから、僕は黙ってケーキを食べた。

附属校の食堂の方がデザートは美味《おい》しかったな。やはり金持ち小学校は素晴らしい。もしまたここでも生徒会長をやることになったら、まずデザートの質を上げることにしよう。

「――お母さんに聞いてみる」

長い沈黙のあと、ルビィはようやく答えた。僕の望む答えではなかったが、ルビィの母、リリィにも話を聞きたいと思っていたから、ちょうどよかったのかもしれない。

と、僕の背中側――食堂の入口の方からどよめきが聞こえてきた。僕は気にせずに二皿目のケーキの角にフォークを突き刺した。

ざわめきとともに複数人分の足音が近づいてきて、僕のテーブルの横で止まった。ちらと横目で見ると、若い教師と、その後ろに隠れるように二人の生徒がジェラールに相対していた。さっき教室でルビィたちを揶揄って遊んでいた四人の内、ただ見ているだけだった二人だ。どうせ怪我をしたリアムたちに代わって教師に告げ口をしたのだろう。二人はジェラールを見てニヤニヤしている。

……いや、よく見ると、どこか怯えが交じった引きつった笑みだな。教師の威を借りても、臆病さは隠せないようだった。だからリアムの取り巻きなんてやっているのだろうと、妙に納得した。

「ジェラール・ヴィンデミア！　ついてきなさい！」

教師が厳しい顔でジェラールに怒鳴りつけた。

ジェラールの皿はもう空になっていた。もしかしたら最後かもしれない学園のランチをちゃんと食べ終えることができたようだ。僕はまだデザートを食べている途中だけど。

ジェラールはすでに覚悟が決まっていたのか、大人しく立ち上がった。ルビィがテーブルに置いた筆記具入れを持ち、ジェラールに続いて立ち上がる。

「リビィさんは結構です」

教師はぴしゃりと言った。しかし、ルビィは座ろうとしない。

彼女はスペルビア派の教師だから、平民のジェラールよりもスペルビア派の四人の生徒を優遇するかもしれない。ジェラール一人が責任を負わされるかもしれない。このままでは身体強化ができる数少ないサンプルが……。

「――ルビィ・リビィも当事者なのだから連れていった方がいいのでは？」

僕はフォークを皿に置き、教師に提案した。僕の存在に今気づいたかのように教師は目を丸くした。

「ア、アヴェイラムさん。リビィさんは今、大変つらい時期でしょうから……」

ルビィを巻き込むのに消極的な彼女のスタンスを見るに、学園としてはできるだけ大ごとにしたくないのかもしれない。平民一人とスペルビア派の生徒四人が喧嘩《けんか》を起こしただけなら、ジェラール一人を悪者にすれば楽に処理できるが、アヴェイラム派のルビィが入ってくると事態はややこしくなる。アヴェイラム対スペルビアという構図になれば、生徒たちの派閥間の分断が進むだろう。

生徒の親にまで問題が波及すれば、学園としては大変困ったことになる。

まあ、僕の知ったことではないけど。

「本人は構わないみたいですよ」

僕はルビィの方に顎をしゃくった。教師がルビィを見る。

「……今回暴力沙汰を起こしたのはジェラール・ヴィンデミアです。第三者のリビィさんには、後からお話を伺います」

暴力沙汰を起こしたのはジェラールだが、その原因となったのはルビィに対するいじめだ。第三者と言うにはさすがに苦しい。ここでルビィが最初の話し合いから弾《はじ》かれてしまうと、平民のジェラールに不利な状況が生まれることは目に見えている。

「先生。もしかして、そこの二人から聞いてないのですか？」

「な、何をですか？」

「ルビィ・リビィに対するひどいいじめが喧嘩の原因ですよ」

僕は教師を盾にしている二人の男子生徒に目を向けた。彼らの顔からは嘲りの色が消えていた。

教師は二人を問い詰めるように後ろを向いた。彼女の様子を見るに、いじめの事実は聞いていなかったようだ。この若いスペルビア派の教師は、彼らが有利に事を運ぶために利用されたのかもしれない。

「では、リビィさんもついてきてください」

教師は少し迷ったのち、リビィの同行を許可した。

「公正な判断を期待します」

「……もちろんです」

「ちなみに僕もその場にいたので、証言が欲しかったらいつでも言ってください」

教師の肩がピクリと動いた。男子生徒二人は僕があの場にいたことを知らなかったようで、引きつった顔で目配せし合う。

「……そのときはよろしくお願いします。――それでは、あなたたち四人は私についてきなさい」

若い教師は苦い表情で言い、僕に背を向けて歩きだした。リアムの取り巻き二人は逃げるように教師の後を追った。ジェラールは僕に礼を言い、ルビィとともに彼らについていった。

一人残された僕は、ルビィが手を付けずに残していったケーキの皿を手元に引き寄せた。


ジェラールの起こした事件は、その日のうちに学園中が知ることとなった。平民の生徒はみな、ジェラールを支持している。身分差のせいで普段は貴族相手に強く出られないこともあって、日頃の鬱憤を晴らす良い機会となっているようだ。

アヴェイラム派閥の生徒の多くは、ルビィを庇ってくれたジェラールのことを多少は認めているが、あくまで平民にしては、という程度。ジェラールがどうこうよりも、リアムたちが属するスペルビア派閥への敵愾心《てきがいしん》が増している。

対してスペルビア派閥の生徒たちは、身内の非を認めているがゆえに、敵意むき出しのアヴェイラム派閥や平民の生徒たちにどう向き合えば良いのかわからない様子だ。そのストレスをぶつけるように、リアムたちへの当たりが強くなっている。そして、所属する派閥からも見放された四人のいじめっ子たちは、学園内で完全に孤立していた。

ジェラールはというと、最終的な処分が下されるまで寮での謹慎処分となった。二人の生徒の骨を折ったのは事実だ。学園の誰もリアムたちを擁護していないとはいえ、最終的な処分がどうなるかはまだわからない。

第四章

OLD ENOUGH
TO LEARN MAGIC!

週末になり、僕はリビィ邸を訪れた。ルビィが僕をリビィ家のタウンハウスへと招待したのは、ジェラールの事件の余韻もまだ冷めやらぬ週の半ばのことだった。授業が終わり、教室を出たところで、扉の近くでぼうっと立っているルビィを見つけた。声をかけると、きっちりと蠟《ろう》で封じられた封筒を無言で渡された。帰りの馬車の中、封筒を破ると、彼の母であるリリィの名で僕を屋敷へと招待するといった内容のカードが入っていた。僕はその日のうちに父から許可をもらい、次の日にルビィに了承の返事をし、今日こうして彼の家までやってきたのである。

ルビィの母リリィは、なぜ僕を招待したのか。この前のランチのとき、クインタスに狙われた理由をルビィに尋ねたところ、彼は母親に聞いてみると答えた。やはりそのことで呼ばれたのだろうか。わざわざ家に呼ばなくても、ルビィ経由で伝えてくれればよかったのに。

メイドのイザベルが玄関のドアの横に取りつけられたチャイムをカランカランと鳴らした。ちょっと緊張してきた。友人の家に来たことは何度かあるが、友人の母親から直接招待された経験はない。よく考えると不思議な状況だ。

ドアがゆっくりと内側から開き、メイドが顔を出した。彼女の表情は、変化に乏しく、機械のようだった。彼女に案内され、応接間《パーラー》のソファに座る。淡々と仕事をこなす様は逆に好感が持てた。

待っている間に僕は部屋を見回した。右手側に本棚があり、その一番上には人形が三体並べられている。やはりこの部屋にもあるのか。前に捜査で来たときも思ったが、どこにいても人形に見られている気がする。居心地の悪さを覚えながら座って待っていると、少ししてリリィが部屋に入ってきた。

「ようこそ。待ってたわ、ロイさん」

リリィは踊るようにカーテシーをした。前に会ったときよりも血色が良くなっている。あのとき人形のようだと感じたのが嘘《うそ》のように、今日は表情が豊かだ。やはりこの前は、クインタスに襲われたばかりで相当参っていたのだろう。

「お招きいただき、ありがとうございます。夫人」

僕も立ち上がって挨拶をする。僕たちはテーブルを挟んで向かい合い、同時にソファに腰を下ろした。さっきのメイドが紅茶を用意した。カップが二つ……。ルビィは来ないのだろうか。三人でお茶会みたいなのを想像していたんだけど。

「あの、ルビィは？」

「来ないわ。でもいいでしょう？　あなたを招待したのは私なんだもの。それとも二人っきりじゃあ、ご不満かしら」

リリィが目を細めて僕を見た。不満というより、不可解。同級生の家に行って、同級生と会わずにその母親と楽しくお茶会する中学生がどこにいるという話だ。

「まさか。少し驚いただけです」

「それはよかったわ」

リリィは満足そうに頷《うなず》いた。彼女はその白く細長い指でティーカップを摘《つま》み、優雅に紅茶を飲んだ。

「今日僕が呼ばれた理由をお伺いしても？」

僕が尋ねると、リリィはゆっくりとした動きでティーカップをソーサーに戻した。

「その目に惹《ひ》かれたの。ロイさんとはこの前初めて会ったけど、想像と違って驚いちゃった」

夢見る少女のような無邪気さでリリィは言った。事件直後に会ったときは気丈な女性だと思ったけど、今日は幼さを感じる。あのときは気を張っていただけで、こちらが素なのだろうか。

「目、ですか？」

目を褒められて嬉《うれ》しくなる。僕も自分の目は結構気に入っているんだ。

僕の目は少し不思議な色をしている。虹彩《こうさい》の色は薄い青で、これだけならよく見かける色なんだけど、瞳孔の周りが黄色くなっていて、珍しい模様になっている。父や祖父はみんな青で、エルサは黄緑っぽい色をしているから、両方の遺伝子が受け継がれた結果だ。

「その達観したような眼差《まなざ》し。無機質な感じがとってもいいわ。私のルビィとエルサの子が同い年だってことは最初からわかっていたのだけど、ちゃんとあなたの顔を見たのはこの前が初めてなの。知らなかったわ。こんなに素敵な目をしているなんて！」

やけに目にこだわりがある人だな。なんだか異常者の家に足をのこのこと踏み入れてしまったような気分だ。彼女が眼球コレクターじゃないことを祈ろう。

「それはどうも。――ところで、母とは学生の頃からの付き合いだとか」

目玉をくり抜かれる前に、僕は話題を変えた。

「ええ。学園から王立研究所まで、ずっといっしょよ。でもエルサからはきっと何も聞いてないわよね……」

そう言ったリリィの顔は少し寂しそうに見えた。

「母はあまり自身の交友関係を語りませんが、夫人のことは何度か聞いたことがあります」

「ほんと!?」

リリィはぱぁっと目を輝かせた。

「え、ええ。学生時代にいつも行動をともにしていた友人がいたと聞いています。試験で毎回一位二位を独占していたんですよね?」

「そうなの！　研究者としてはエルサが一番だけど、学園生の頃は私の方が少しだけ勉強ができたんだから。といっても、お勉強ができるだけじゃあ優れた研究者にはなれないんだけど。大学で研究を始めてからのエルサは、それはもう凄《すご》かったわ。名門のアルクム大学の中でさえ頭ひとつ抜けてたわ……って、こんなに褒めるとあなたにはプレッシャーになってしまうかしら?」

エルサの話をするリリィの声からは、ネガティブな感情は読み取れない。自慢のボーイフレンドのことを親友に語りたくて仕方がない乙女のようだ。彼女が凄惨な事件の被害者であることを忘れてしまいそうだ。

「研究者として母が褒められるのは純粋に嬉しいです。同じ道を目指す者として、彼女のことは尊敬しています」

「ああ、やっぱり！　ロイさんもエルサのような素晴らしい研究者になりたいのね！　きっと大丈夫。だってあなたはエルサと同じ目をしてるんだもの」

また目の話か。たぶん激励の意味でエルサと同じ目をしていると言ったんだろうけど、彼女が言うと素直に受け取りにくい。僕は曖昧に笑みを返した。

「この前あなたが発見した魔力波。研究所ではとっても話題になってるのよ」

国のトップが集まる研究所で話題になるのは純粋に嬉しい。頬が緩みそうになる。

「そうなんですか？」

「ええ。あの母にしてこの子ありってね。エルサも満更でもなさそうだったわ」

「母はそんな人じゃありませんよ」

「本当なのに……」

「そんなことより、研究所では魔力波の応用研究は進んでいるんですか？」

「もちろん。それに、研究所だけじゃないわ。私なんて趣味でやってる研究にも応用してるくらいよ」

「趣味で研究を？」

「ええ。情報を遠くへ飛ばせるって本当に画期的ね。糸もいらないなんて」

やはり無線のすごさは伝わる人には伝わるのだな。

あれ？　でも趣味で魔力波の応用研究なんてしていいのか？　魔力波の存在は軍事利用とか国防だとかのために国によって秘匿されているはずだ。『チャームド』に掲載予定だった僕の論文が差し止められたのもそういう理由からだった。この前だって僕が学園で魔信《ましん》を使って演説をしたことについて、ルーカスに苦言を呈されたばかりだ。

「ですが、魔力波を応用した研究を研究所以外で勝手にやってもいいんですか？」

「ふふ。いいこと教えてあげる。自然現象ってね、誰でも自由に使えるのよ」

「え……あっ」

そうか。なぜ今まで気づかなかったのだろう。魔力波は自然界に存在するただの現象だ。光や重力と同じで、現象自体の使用を制限することはできない。僕は魔力波を発明したのではなく、発見しただけだ。あの論文の中で国が制限をかけているのは、魔力波を生み出した手法や装置に対してである。つまり、別の方法で魔力波を生み出すことにはなんの制限もかかっていないのだ。

実際に改良版の魔信《ましん》には、魔力の循環を用いた新しい魔力波発生装置を搭載している。少量の魔力で安定的に魔力波を出力することを目的とした改良だったけど、知らないうちに抜け穴を利用していたらしい。

国としては魔力波の存在を世間には隠したいだろう。でも僕の知ったことではない。禁止したいなら魔力波法でも制定すればいいんだ。まあ、そんなことをすれば魔力波の存在を公表するのと同義だからできないだろうけど。今思えば、父の脅しは本当にただの脅しでしかなかったようだ。

「いいことを聞きました。感謝します」

僕が感謝をすると、リリィは優しく笑った。

リリィは僕の知らないエルサのことをたくさん語ってくれた。学園の頃の話が多く、いつもいっしょにいたそうだ。話を聞けば聞くほど、本当に仲が良かったのだと伝わってくる。そんな二人が今は同じ研究所で働いていて、同い年の子供がいるというのは良いことのように思えた。

「夫人は――」

「リリィでいいわ」

「……リリィさんは、研究所では母といっしょに研究をしているのですか？」

「常にというわけじゃないけど、共同で研究をすることもあるわ。そういうときは、きまってエルサがリーダー。論文の筆頭著者もエルサ。でもそのことに少しも不満はないのよ？　だってエルサといっしょに研究ができるなんて、これ以上素敵なことなんてないじゃない？」

「そうですね」

エルサを神格化しすぎのような気がしないでもないが、否定はできなかった。これまで何人もの人から研究者としてのエルサの偉大さを聞かされてきたから、機会があれば僕もエルサの近くで学びたいと思っている。大学で見たエルサの論文はすべて素晴らしいものだった。研究所での研究内容を知ることができないのがもどかしい。

そうだ。試しにリリィに、母とどんな研究をしているのか聞いてみよう。そう思ってさりげなく探りを入れてみたが、彼女は意外に口が堅く、聞き出すのは無理そうだった。

実のところ、王立研究所でエルサやリリィが行っている研究こそ、クインタスがこの家を狙った理由ではないかと僕は踏んでいる。これまでは通り魔的な犯行が多かったのに、今回はリビィ家をピンポイントで襲っているのだ。被害に遭ったのはこの家の主人だが、エルサとリリィが共同で研究をしているのなら話が変わってくる。

四年前の夏休みに、クインタスは僕ら家族が乗る馬車を襲撃した。ベルナッシュにあるカントリーハウスへ向かう途中のことだった。あれは明らかに僕の両親のどちらかを狙ったものだった。あのとき父がクインタスに負けていたら、次に狙われたのはエルサだっただろう。

共同研究をするエルサとリリィが二人ともクインタスの襲撃を受けたのは、偶然とは思えない。

「――ロイさん？　どこにいるの？」

考えに耽《ふけ》っていた僕は、リリィの声にハッとする。リリィは僕の顔を下から覗《のぞ》き込むように首を傾《かし》げている。

「ああ、すみません。少し考え事を」

「せっかく二人で話してるのに」

リリィが口を尖《とが》らせた。なんと返せばよいかわからず、乾いた笑いが漏れる。

研究者という人種は、精神性が幼くなければならない決まりでもあるのだろうか。それか、研究ばかりしているから浮世離れするのかもしれない。エルサもそうだが、思考力を得た代償に社会性を失っているような気がしてならない。年配のワイズマン教授も、ときどき子供のように見えるほど好奇心旺盛だ。そういえば、教授もクインタスに殺されかけたんだよな。あのときクインタスは本気で教授を殺そうとしていたけど、リリィは見逃された。この二人の違いはなんだろう。

「話は変わりますが、事件のことを伺っても？」

「構わないわ。ロイさんは捜査関係者だものね。何がどうしてそうなったのか、本当に不思議」

「巡察隊と利害関係が一致しましてね。それ以上は言えませんが」

「ベイカーさんもおんなじことを言っていたわ。――それで、何が聞きたいのかしら」

「クインタスに狙われる理由に心当たりはありますか？」

リリィは僅かに顔を傾け、人形の飾られた本棚の方に視線を動かした。何ごとかを考え込んでいる様子だ。

「――わからないわ。私が知っているのは、アヴェイラム派閥の貴族が狙われてるということだけ」

クインタスの被害者はみな何かを隠している気がするとベイカーは言っていた。彼はただの勘だと言っていたけど、彼の洞察力は侮れない。

リリィは何かを隠しているだろうか。なぜリリィの夫だけ襲われたのか。リリィはクインタスの復讐《ふくしゅう》の対象ではないのか？　魔法学の研究者なのに？　政治家は四肢を切断して生かし、研究者は首を切断して殺すというのがクインタスのやり方だ。

「クインタスはなぜ、研究者であるあなたを見逃したのでしょう」

すっとリリィの目の焦点が外れ、僕を透かして遠くを見るような、ぼんやりとした表情になる。

「――物音を聞いた気がして、目を開けたらフードを被《かぶ》った人影が、夜明け前の薄暗い部屋の中に浮かび上がっていた。背の高い男だったわ。男は剣を構える仕草をしたけど、何か持っているようには見えなかった。ゆっくりと近づいてきて、でも私は杖《つえ》なしじゃエルサみたいに戦えないから、何もできなかった。隣で眠る私のルビィだけは守ろうと、彼を抱きかかえて目を瞑《つぶ》ったの。とても長い時間、目を閉じていたと思うわ。でも何も起こらなかった。恐る恐る目を開けてみれば、男は霞《かすみ》のように部屋の中からいなくなっていたの」

舞台の上で独白をするようにリリィは語った。ついさっきまで、不自然なほどに尋常な様子だったのに、今は事件の当事者らしい顔をしている。

リリィの話が真実なら、最初クインタスにはリリィを害する意志が確かに存在したが、何らかの理由で翻意したことになる。なぜだろう？　子を守ろうとする母の姿を憐《あわ》れにでも思ったのか。腑《ふ》に落ちないな。これまで何人もの人間を切り刻んでおいて今さらだ。

子供を殺すことに抵抗があるのだろうか。これまでクインタスが子供を殺したという話は聞かない。迎賓館では僕含め、多くの子供が殺されかけたが、結果的に死んだのは大人だけだった。

「ルビィを守るあなたを見て、さすがのクインタスも躊躇《ちゅうちょ》したのかもしれませんね」

「ええ、きっとそうね。私も体を張った甲斐《かい》があったわ」

リリィがルビィといっしょに寝ていたのは運が良かったのかもしれない。もし彼女が夫婦の寝室で寝ていたら、四肢を失った主人の隣で、首を切られて死んでいただろう。

「つかぬことを聞きますが、ルビィとはその……よくいっしょに寝るのですか?」

「よくというか、いつもいっしょだけど……」

リリィが何かおかしなことでもあるの、と言いたげに首を傾げた。僕らの年齢で親といっしょに寝るのは、変じゃないのか？　前世では一般的ではなかったと思うけど、この国では普通だったりするのだろうか。エルサといっしょに寝る自分は想像できない。

「いえ、僕からすると、この歳《とし》で母親と同じベッドで寝るのは考えられなかったので」

「そうなのかしら」

「どうでしょう。母は子どもといっしょに寝るような人ではないですから」

単に事実を述べたつもりだったが、これではまるで、僕が寂しく思っているみたいに聞こえる。

「そうなの。それじゃあ、私からエルサに伝えておこうかしら」

リリィがいたずらっぽい顔をした。

「なっ、やめてください！」

動揺して声が大きくなる。リリィは意外そうに目を見開き、そして優しく笑った。

「ふふっ。あなたでも取り乱すことあるんだ。ロイさんの弱いところわかっちゃった」

「僕に弱いところなんてないと思いますけど」

何か勘違いしていそうだな。僕は家族になんの思い入れもないのに。

「ロイさんはきっと、母の温《ぬく》もりを求めているんだわ。研究ばかりのエルサにもっと構ってほしいって、心のどこかでは思っているのよ」

「そのような感傷からは最も遠い子供だと自負しているのですが」

思いもよらない勘繰りをされ、眉間にしわが寄る。

「気分を悪くしてしまったかしら。私、人の心には詳しくないから的外れだったかもしれないわ。ほら、私って人の容姿にばかり気を取られてしまうじゃない？　でもね、母と子の間の感情についてだけは多少詳しいのよ？　だからね、あなたがエルサに対して、何か複雑な思いを抱えているらしいことはわかるの」

複雑な思いか。エルサに対していろいろと思うところがあるのは否定しないが、それは主に研究者のエルサに対してだ。母親としてのエルサに期待などしていない。母の愛に飢えていると思われるのは心外だ。

「リリィさんは、ルビィを大切に思っているのですね」

「実を言うと、自分でも意外だったの」

「何がですか？」

「ルビィのこと。ちゃんと愛せるんだって。おなかにいるときは何とも思ってなかったのに、いつの間にか私の一番大切なものになっていた。まるで呪いみたいね」

リリィは、ルビィへの想《おも》いを陶然と語る。呪いだなんて物騒だが、彼女の様子を見ると、子への愛情を呪いと表現するのは正しいように思えた。

彼女は紅茶で唇を湿らせ、話を続ける。

「でもルビィって本当に手のかからない子でね、子供の頃はなんにも欲しがらなかったのよ。何に興味があるのか全然分からなかったから、ルビィが小さい頃はいろんなところへ連れていったわ」

ルビィは子供の頃からおとなしい性格だったようだ。

「なんとなく想像できます」

「でしょう？　でもいろいろ見せたけど、結局ルビィが興味を示したのは、ウルカス広場でやっていた人形劇くらいだったのよね」

ウルカス広場か。政治的な演説がよく行われている古い広場だ。人が集まるから、大道芸人たちが日銭を稼ぎにやってくると聞く。

「今でも不安になるわ。ルビィにとって良い母親になれているのか。だって私、エルサ以外に他人に興味を持ったことなんてなかったんだもの」

なるほど、リリィは基本的に他人に興味がない人間なのだ。そんな人が興味を持ったのがエルサとルビィ。息子のルビィはわかるが、エルサはどうしてだろう。あの人には、人を惹きつける何かがあるのだろうか。僕はべつに……惹かれないけど。いや、まあ研究者としては素晴らしいと思うが、それだけだ。親としては欠陥だらけなんだから。

物心ついてから、僕は欲しいものを親にねだったことはない。お菓子やデザートを持ってこいとメイドに注文を付けたことは多いけど、親に何かを要求することはなかった。どうせ無駄だと思っていたし。この屋敷に人形が多いのを見たら、ルビィが好きなものを好きなだけ買い与えられていることがよくわかる。

「母親と出かけた記憶がない僕からすれば、あなたは良い母親に見えますけどね」

「……エルサらしいわ。あの子自分のことばっかりだものね。寂しいでしょ？」

「……まあ、昔はそういう気持ちもあったかもしれません」

リリィが僕を見つめる。夢見がちな少女のものでも、子を愛する母親のものでもない、真剣な大人の顔だった。

「大丈夫よ。たぶんだけど、エルサはロイさんのこと気にかけてると思うわ」

「そうですね。研究者としては、目をかけてもらっていると思います」

「そういう意味ではないのだけど……。そうねぇ。もう少しロイさんに気さくに接するよう、私からエルサに言っておこうかしら」

「べつにいいです。向こうもそういうことは絶対にやらないタイプでしょうし」

「だったら、ロイさんの方からアプローチしてみるといいわ。もうすぐエルサの誕生日だし、プレゼントを買ってみるのはどうかしら」

「僕らはそういう関係ではないので」

今更エルサと親子ごっこをして何になるというのか。ついこの前、父親であるルーカスに心の中で線を引いた。アヴェイラムに僕の研究を利用され続けたくないからだ。じゃあ、母親のエルサは？　同じように線引きするのが道理ではないのか？


リリィとの対話を終えた僕は、屋敷を出ていく前にルビィに顔を見せることにした。リリィはルビィの部屋まで案内してくれた。リリィがノックをしても中から返事がなかった。ルビィは集中しすぎると周りの音が聞こえなくなるのだそうだ。リリィがドアを開くと、机に向かい、書き物に夢中になっているルビィの姿があった。

「それじゃあルビィのこと、よろしくね」

リリィは僕を置いて部屋を出ていった。ルビィは僕が入ってきたことにまだ気づかない。僕自身が集中しているときに邪魔されたくない人間だから、ルビィに声をかけるのはやめ、ソファに座って待つことにした。

部屋の中を見回し、意外と人形が少ないことに気づいた。てっきり部屋中人形で埋め尽くされていると思っていたのだが、実際には棚に三体の人形が置かれているだけで、それ以外は普通の部屋と変わらなかった。テーブルや椅子などの家具は整然と置かれ、こだわりの強いルビィらしさを感じるくらいか。

ルビィの手が止まり、鉄ペンを机に置いたのを見計らって、僕は声をかけることにした。

「やあ、ルビィ・リビィ」

ルビィは僕の声にゆっくり振り向いた。

「ロイ君。話は終わったんだね」

「ああ。せっかくだから、帰る前に君に会っておこうと思って」

「そうなんだ」

変化に乏しい彼の表情からは僕がこの部屋に来たのを歓迎されているのか判別がつかない。

ルビィは立ち上がり、僕の隣に座った。嫌がってはいないらしい。

「何を書いてたんだ？」

「おはなし」

「おはなしか。執筆は順調か？」

「うん。最近いろんなことがあったから。結末ももう決まってるよ」

たしかに、今のルビィなら話のネタには困らなそうだ。年が明けてまだひと月ほどなのに、彼の周りでは多くのことが起きすぎている。

この屋敷がクインタスに襲われたことが始まりだった。そのときルビィの父親は四肢を失い、そのことをルビィはリアムたちに揶揄《からか》われるようになった。そして、ジェラールがリアムに反撃し、学園中を巻き込むほどの大ごとに発展した。

ルビィは一連の事件についてどう思っているのか、まったく表に出さない。これだけ大変な境遇なのに淡々としているルビィを不気味だと言う人はいるが、彼は他の人と感情の表し方が違うだけなのだと僕は思っている。きっと表情や声の代わりに、ペンを使っているだけなのだ。

「気が向いたら読ませてくれ」

「いいよ。ロイ君なら」

僕なら、か。人にめったに興味を示さないルビィがそう言うなら、彼は僕のことを特別だと思っているのだろう。でも、彼の抱くその友情は、果たして本物なのだろうか。

僕とルビィの付き合いは、附属校の五年生の頃まで遡る。当時、誘拐事件が立て続けに起こっていた。ルビィもその被害に遭ったのだが、僕とヴァンが間一髪のところでルビィを救出し、それをきっかけに僕たちは仲良くなったのだ。

事件直後のルビィは僕にべったりだった。僕に命を助けられ、恩を感じているのだろうとそのときは思っていたのだが、それにしたって異常なくらいに僕から離れようとしなかった。不思議なのは、もう一人の命の恩人であるヴァンに対しては、僕に対するような態度を取らなかったことだ。そこで僕は一つの仮説を立てた。それは、僕が彼を洗脳してしまったのではないか、というものだ。

『40歳から始める健康魔法』という、イライジャ・ゴールドシュタイン著の偉大な書物がある。その中に書かれたエピソードのひとつに、身体《からだ》の弱った動物に魔力を送り、見事回復させたというものがある。非常に心温まる話で、最初に読んだときは、僕が師匠と呼ぶ方は人格までも高尚である

のだと胸を打たれたものだ。元気になったその動物は師匠によく懐いたという。助けられたことを理解したのだろう。そう思っていた。あの事件が起こるまでは……。

誘拐されたルビィは、魔法毒に侵されて深刻な状態だった。僕は今にも死にそうなルビィを助けるために大量の魔力をルビィに送り続け、エルサが助けにくるまでの間、なんとかルビィの命を繋《つな》いだ。まさに師匠が動物を魔力循環で救ったように。ルビィが事件後に僕に懐いたところまで、まったく同じだった。

事件から少し経《た》つとルビィは元の距離感に戻っていったが、それでもまだ僕に対して必要以上の友情を抱いているように見える。彼の抱く僕への友愛は、すべてあのときの魔力循環によって形成された偽りの感情なのかもしれない、と今でも思ってしまうのだ。

「――そうだ、君に土産を持ってきたんだった」

ふと、ポケットの中の存在を思い出し、ルビィに手渡す。

「インク？」

「ああ。滲《にじ》みが少ないんだ。僕も愛用している」

「ありがとう」

彼の表情からは喜んでいるかどうか伝わってこないが、インクは消耗品だから少なくとも邪魔にはならないだろう。物語を書くのが好きなルビィならなおさらだ。

「もしかして、人形の方がよかったか？」

そう聞くと、ルビィは首を横に振った。

「ううん。これがいい」

「そうか。ならよかった」

幼少期のルビィは人形劇に興味を示したと聞いたけど、この部屋を見る限りはそんな印象は受けないな。棚に三体の人形があるくらいだ。女性の人形が隣の男の子の人形と手を繋いでいる。リリィとルビィをモデルにしているのだろうか。だとすると、もう一体の人形はルビィの父親だろう。だけど、それにしては不自然なくらい、母子との間に距離がある。

「あの人形、おかしいよね」

ルビィが言った。僕が人形を見ていたことに気づいたらしかった。

「おかしいって？」

「お父さんがおかしいよ」

一つだけ離れた人形はやはりルビィの父のようだった。そういえば、ルビィの父親は今屋敷にいないのだろうか。四肢を失いはしたが、まだ生きているはずだ。それなのにリリィは彼の話題をいっさい出さなかったし、ルビィもあまり気にする様子はない。あの人形以外に父親の存在を主張するものを僕はこの屋敷で一度も見ていないことに気づいた。まるでこの家には母と子しか存在しないかのようだった。

家族との関係が薄いのは案外普通のことなのかもしれない。僕の部屋に家族の人形があったとしても、全員が互いに距離をおいて直立するだけのつまらない配置になるだろう。母と親密なルビィの方が随分マシに思える。

「べつにおかしくはないだろう。父親なんてどこの家もそんなものだ」

僕はルビィを慰めるように言ったが、ルビィは首を横に振った。

「ううん。おかしいよ。だってお父さんの手足が残ってる」

はっとする。おかしいというのはそういう意味だったのか。

「それもそうだな」

「どうしよう」

「うーん、いっそ取ってしまおうか」

「そうだね。それがいいかも」

ルビィは僕の不謹慎な提案に即座に頷いた。彼はソファから立ち上がり、棚から父親を模した人形を取ってきてテーブルに置いた。磁器らしい重たい音がした。

「金槌《かなづち》で叩《たた》けば砕けそうだな」

「でもお父さんは綺麗《きれい》に切れてたよ」

以前、ワイズマン教授にクインタスに切られた腕を見せてもらったが、切断面は綺麗なものだった。金槌で砕いたらそれを再現できない。

「だろうな。クインタスの魔法剣の鋭さは僕も知ってる」

「ノコギリがいいかな？」

「それよりもいい方法がある」

「何？」

「実は僕も魔法剣が使えるんだ」

「すごい」

「そうだろう？　クインタスほど上手《うま》くはないが」

ルビィに褒められて気分が良くなる。迎賓館でクインタスの魔法剣を見てから、練習してきた甲斐があった。まだ、せいぜい人差し指サイズの剣しか形成できないが、人形の手足を切り落とすくらいならなんとかなる。

「今更だけど、切ってしまってもいいんだな？」

「うん」

魔法剣のもととなるのは、僕が勝手に無属性魔法と呼んでいる、魔力を変化させた半透明の物質である。魔力は体の外に出ると属性魔法になって射出されるが、わざと属性を与える前の段階で止めることで、半透明のぶよぶよの物体となって自由な変形が可能となる。無属性魔法の操作は非常に難しく、クインタスほどの精度で剣を形作るのは相当の訓練が必要になる。

僕は右手の人差し指を立て、大量の魔力を爪のあたりに集中させた。魔力圧が十分に高まったとき、魔力を放出するほんの小さな亀裂を指先に作り、無属性魔法の塊をぺらぺらの紙のような形状で一気に噴出させた。

魔法剣がよく切れるのは、この高圧の無属性魔法によるものだ。そのため、切断力を維持するには常に魔力を供給し、放出し続けなければならない。

人差し指から出ている魔法剣は、ちょうど人差し指と同じくらいの長さだ。クインタスのものとは比べ物にならないくらいに短いが、人形の手足を切断するには十分な長さである。

人形を持ち上げ、魔法剣に近づけた。刃が人形の腕に当たる。抵抗はほとんど感じなかった。ゴトッと音を立てて、人形の腕がテーブルに落ちた。残りの手足も無事に切り落とし、魔法剣を解いてため息をつく。

「これで正しい姿になったたか？」

僕は四肢のなくなった人形をルビィに渡した。

「すごいね。やっぱりロイ君はすごい人なんだ」

ルビィが僕を見て言った。心なしか彼の瞳は輝いて見える。

「まあな」

僕は口の端を上げ、にやりと笑った。ルビィは両手で口元を隠し、くつくつと笑った。

あっと声が漏れる。ルビィの笑うところを見たのは初めてだった。彼の静かな笑い声に釣られて、僕も声を押し殺しながら笑った。人形の四肢を切り落として笑っている僕らは、傍《はた》から見れば気味が悪いに違いない。だけど、その不謹慎さが余計におかしかった。真面目くさった行事の真っ最中に友人と悪いジョークを囁《ささや》き合っているような不健全さだ。そういうときのお決まりで、僕とルビィはしばらくの間笑い続けたのだった。

第五章

OLD ENOUGH
TO LEARN MAGIC!

「ジェイ、俺の持てよ」

リアム・ドルトンはトレイを取り巻きのジェイコブに渡した。先日、ジェラール・ヴィンデミアに脚の骨を折られ、松葉杖《まつばづえ》をついているため、両手の自由が利かないのだ。

「俺のも頼む。ベンでいいや。ほら」

同じく、ジェラールに折られた腕を包帯で吊《つ》っているデズモンドが、もう一人の取り巻きのベンジャミンにトレイを渡した。ジェイコブとベンジャミンはヘラヘラしながらトレイを受け取った。その顔が今日は妙に鼻についた。このグループは、リアムとデズモンドが中心で残り二人はおまけ。それがグループ内外で共通の認識であった。リアムはそのことを当然だと思っているが、今回ばかりはおまけ二人のあまりの使えなさに苛立《いらだ》ちが募るばかりだった。

こいつらが最初にうまくやっていたら、状況は今よりずっとマシだったはずだ。役立たずどもの顔を見ていると本当にイライラする。

「ちっ。早く行けよ」

リアムは二人に命令して、松葉杖をついて歩きだす。デズモンドはリアムの歩くペースに合わせた。昼食の席を探す。余計な呼び出しを食らったせいで食堂はすでにだいぶ埋まっていた。問題が大きくなりすぎて収拾がつかないからという理由で、さっき校長に言われてルビィ・リビィの母親に謝罪させられたのだった。

どうして自分がこんな目に遭わなければならないのか。少し揶揄《からか》っただけなのに過剰に反応して人様の骨を折ったのは、図体《ずうたい》ばかりがでかいあの平民だ。真に謝罪を受けるべきはこちらだろう。

「あいつら、なんか朝からおかしくねぇ？」

デズモンドが言った。

「おかしい？　どこが？」

「いや、わかんねぇけど何か変なんだよ。全然喋《しゃべ》らねぇし」

「あんなもんだろ。いつも俺らの話聞いてるだけじゃん、あいつら」

「まあ、そうだけどよ……」

「なんだよ」

「いや、もしかしたらグループ抜けようとしてんじゃねぇかって」

「はぁ？　いつも勝手にひっついてくるあいつらが？」

「ほら、俺らって今完全に嫌われ者だろ？　だから、ルビィ・リビィ揶揄ってたこと、全部俺らだけのせいにして逃げようとしてんだよ」

リアムはベンジャミンとジェイコブが今日どんな様子だったか、思い出そうとする。いつも自分らの機嫌をうかがっている二人だが、言われてみれば、今日はいつも以上にヘラヘラと気色悪い笑顔をしていた気もする。

「だとしたら許せねえな。後で問い詰めようぜ」

デズモンドは頷《うなず》いてリアムに同意した。

「――お前らよくここに顔出せるよな」

リアムとデズモンドが座る席を見つけ、長テーブルの間の通路に入ろうとしたとき、テーブルの奥の方から怒りを滲《にじ》ませた声がリアムの耳に届いた。見れば、その一帯に座る上級生たちがこちらを睨《にら》んでいる。

「おやおや、先輩方。ご機嫌いかがですかぁ？」

リアムは挑発するように語尾を伸ばした。

「お前らさあ、恥ずかしいから二度とスペルビア派を名乗るなよ」

「名乗るなと言われましてもねぇ。生まれは変えられないもので」

リアムがニヤニヤと上級生に対応すると、横からデズモンドに肘でつつかれた。

「これ以上敵作るなって」

リアムはデズモンドに諌《いさ》められるが、薄笑いを止めようとしない。

「ルビィ・リビィに謝れよ！」

今度は別のテーブルから声が飛んでくる。アヴェイラム派の同級生だった。リアムは言い返そうとするが、その生徒に続いて次々と野次が飛んできて、反論する隙もない。

「いじめてた相手に反撃食らってボコられるとか、ダサすぎだろ」

「ゴミくず」

「サイテー」

平民も貴族も派閥も関係なく、リアムたちを責め立てる声がそこかしこから聞こえてくる。

「うるせえなぁ！　急にみんなで力を合わせて仲良しこよしかよ。気色悪っ。あーつまんねぇやつばっかだわ。もういいや、外で食べようぜ、デズ」

リアムはテーブルに背を向けた。

「え、外って……寒くね？」

デズモンドが気乗りしない顔で言う。

「残りたきゃ残れよ」

そう吐き捨て、リアムは松葉杖をついてテラスの方へ歩いていく。少し遅れてデズモンドが後ろからついてくる音が聞こえた。ちょうどベンジャミンとジェイコブがトレイを持って歩いてきたから合流し、外へ続く扉に向かった。

リアムが扉の前でまごついていると、デズモンドが横からさっと扉を開けた。足の怪我《けが》のせいでこの程度のことも満足にできない。イライラする。

テラスに出ると、冷たい風が頬を刺した。灰色の雲が立ち込めた空は、今にも雨が降り出しそうだ。

「ガゼボで食べようぜ」

リアムは松葉杖を持ち上げ、レンガ道の続く先を指し示した。

ほとんど吹きさらしのガゼボは、想像通り寒かった。金属の椅子は座るのを躊躇《ちゅうちょ》するほどに冷たい。しかし、ここまで来て中には戻れない。リアムは我慢して椅子に座った。

「うおっ、冷てー」

デズモンドも肩をすぼめながら座った。しかし、トレイを二つずつ持ったベンジャミンとジェイコブはなかなか座ろうとしない。

「なに、お前ら。早く座れよ。それとも、なんか俺らに言いたいことでもあるわけ？」

立ったままの二人をリアムが睨みつけると、彼らは何も言わずに腰を下ろした。

「じゃ、さっさと食べて中戻ろうぜ。やっぱさみーわ」

リアムは隣のベンジャミンからトレイを奪い取り、スープに手をつけた。

「だから言ったじゃねーか」

デズモンドが呆《あき》れたように言った。

「じゃあ、あいつらと同じ空間で食べるのかよ」

「俺も嫌だけどさ……さすがにここよりはマシじゃね？　しばらく大人しく過ごしてれば向こうも大人しくなるだろ」

「ちっ」

はとぼりが冷めるまでは大人しくしている方が良いことはリアムにもわかっていた。ただ、納得できるかは別の話だった。リアムは舌打ちをし、黙ってパンをかじった。

リアムとデズモンドは黙々と料理を口に運んだ。ひゅうと風の音が大きく聞こえる。

ふと、リアムは違和感を覚え、顔を上げた。ベンジャミンとジェイコブがナイフとフォークを持ったまま固まっている。リアムは食べるのを中断し、大きくため息を吐《つ》いた。

「なあ、言いたいことがあるならさっさと言えよ」

問い詰めるが、二人とも何も言わない。

「なんとか言えって。おい、ベン！」

リアムが声を荒らげるが、ベンジャミンはまるで聞こえていないかのように無反応だ。彼はただ、じっとナイフを見つめていた。俯《うつむ》いていたジェイコブが顔を上げ、リアムを見た。

「落ち着けって」

ジェイコブがテーブルを左手で叩《たた》いた。大きな音が鳴る。今まで反抗したことのないジェイコブが思わぬ態度を見せたことにリアムは一瞬唖然《あぜん》とし、遅れて怒りが込み上げてきた。格下とみなしている相手からの指図はリアムが最も嫌うことのひとつだった。

「え、お前ら何？　もしかして俺らより偉くなったとか思っちゃってるわけ？」

「はは」

ベンジャミンはナイフを見つめたまま、空気を読まずに笑った。こんな状況でもヘラヘラしているのが余計にリアムを苛《いら》つかせた。

「何ヘラヘラしてんだよ」

「はは、ただの冗談だろ？」

ベンジャミンはナイフから目を離さず、淡々と言い返した。いつも遜《へりくだ》っているだけの二人が強気な態度を崩さないことを、リアムは意外に思った。こいつらがグループを抜けようとしてるって話、マジかもしれねぇな。

「てかさ。早く言っちゃえば？　お前らの考えなんてこっちはわかってんだからさ。僕ちゃんたち学園のみんなから怒られるのがこわいこわいなので、グループ抜けたいですぅって。早く言えって。言えよっ！」

「落ち着けって」

再びジェイコブがリアムを宥《なだ》めた。少し語気を強めればすぐに謝ってくると思っていたリアムは、ジェイコブが本気でグループを抜けようとしているのだと確信した。リアムはジェイコブを睨みつけるが、彼はまたヘラヘラと笑うだけだった。

「ベン、お前さっきからなんでナイフ凝視してんだ？」

腸《はらわた》が煮えくり返りそうなリアムとは対照的に、デズモンドは冷めた調子でベンジャミンに問いかけた。見ると、ベンジャミンは相変わらずナイフを持ったまま動かず、デズモンドの質問にも答えない。

カチャカチャと音がした。ジェイコブが匙《さじ》でスープをすくっている。リアムに怒りをぶつけられたことをなんとも思っていないようだった。頭に血が上り、怒りを吐き出そうとする――その直前、リアムはスープを飲むジェイコブの動きに違和感を覚えた。決定的に何かが欠けている気がする。しかし、それが何かはわからない。

すうっと怒りが収まっていった。

何かがおかしい。

ジェイコブは一定のリズムでスープを口に運んでいる。その様はまるで、ぜんまい人形のようであった。

そうか、違和感の正体はそれだ。動きから人間味が感じられないのだ。

よく見れば、さっき机を叩いたジェイコブの左手が握りこぶしのまま少しも動いていないことに気づく。右手だけが皿と口の間を上下していて、それ以外の動作を覚えていないかのようだ。

「ジェイ、その動きやめろって。気味わりぃんだよ」

リアムの言葉にジェイコブは反応しない。

リアムはデズモンドと顔を見合わせた。デズモンドも違和感に気づいているらしかった。彼はさっぱりわけがわからないといった感じで肩をすくめる。

「ベンもナイフばっか見てんなって。普通に怖いだろ」

デズモンドがベンジャミンに言った。その声に反応するように、ベンジャミンは顔を上げ、口角を上げる。目元が笑っていない。不気味だった。

ベンジャミンはナイフを高く掲げた。

「お、おい。危ねぇだろ。下ろ――」

リアムの声を遮るように、ベンジャミンがナイフを持った右腕を勢いよく振り下ろした。

赤い液体がテーブルに飛び散る。

ナイフは隣に座るジェイコブの手の甲に突き刺さっていた。彼が繰り返しすくっていた白いジャガイモのスープに、赤が浮かぶ。

リアムは何が起こったのか理解できず、絶句した。

「は、はぁ？　な、なにしてんだよお前ぇ!?」

デズモンドが悲鳴を上げて立ち上がった。勢いで椅子が倒れる。

ベンジャミンはナイフから手を離した。ナイフは微動だにしない。ジェイコブの手を貫通し、木のテーブルに突き刺さって固定されているのだ。

「はは、ただの冗談だろ？」

ベンジャミンがヘラヘラと笑う。

「いや、冗談って、お前。これが冗談で済むかよ……」

ショックからなんとか立ち直り、震える唇でリアムは言った。

ジェイコブはまるで刺されたことに気づいていないかのように、かき混ざってピンク色になったじゃがいものスープを静かにすくい続けている。

「お、おいジェイ。お前気づいてないのか？」

デズモンドが口元をひきつらせながら言った。

「落ち着けって」

デズモンドの問いかけに答えるようにジェイコブが言った。

「はは、ただの冗談だろ？」

ベンジャミンが淡々と言って、食事を再開した。パンを摑《つか》んだ手はジェイコブの返り血で汚れている。

「は、はは。なるほどな。な、なんだよビビらせやがって。何か仕掛けがあるんだろ？」

リアムは声を震わせながら言った。

こいつら、事前に打ち合わせでもして悪戯《いたずら》を仕掛けてきたに違いない。二人のまるで動じない様子を見てリアムはそう期待し、ふぅと大きく息を吐いた。

「だ、だよな。ったく、悪戯かよ。心臓止まるかと思ったわ」

デズモンドが倒れた椅子を起こしながら言った。

「で、これどうなってんだ？」

リアムはジェイコブの手の中を貫通し、テーブルに突き刺さっているように見えるナイフに手を伸ばした。すると、ジェイコブは左手をゆっくり持ち上げ始めた。赤色の液体がナイフを伝ってテーブルに滴り落ちていく。ジェイコブはさらに左手を持ち上げた。手のひらがナイフの柄の部分をずるっと通り過ぎ、びーんと音を立ててナイフが振動した。

「い、いや、本格的すぎるだろ。はは……。な、なあ？　デズ」

「あ、ああ……」

ジェイコブが右手でナイフの柄を逆手に持ち、テーブルから引き抜いた。唾を飲み込む音がはっきりと聞こえた。自分かデズモンドのどちらの喉から鳴った音なのかはわからなかった。

「ジェイ、ナイフ置けよ。な？　もう十分楽しんだからさ」

リアムがジェイコブに諭すように言った。

「落ち着けって」

「はは、冗談だろ？」

ジェイコブとベンジャミンはヘラヘラと笑っている。落ち着けって。冗談だろ？　ジェイコブたちがさっきから同じセリフしか言っていないことにリアムは気づいた。まるでその言葉しか知らないみたいに。

背中が冷たい。皮膚に当たる風は凍えるほどなのに、つうと汗が流れ落ちる。

ジェイコブは立ち上がり、隣に座るベンジャミンの背後に立った。次は何をするのか。動くこともできずに、戦々恐々とジェイコブの一挙手一投足に目が引き寄せられる。

ジェイコブはナイフを振り上げた。リアムたちが止める間もなく、ベンジャミンの頭目掛け、ナイフは思いっきり振り下ろされた。

ベンジャミンの手からスプーンが落ちた。テーブルにあたり、金属音を立てる。刺された瞬間、ベンジャミンの全身は脱力したが、頭から生えているナイフをジェイコブが持っているおかげか、崩れ落ちることはなかった。頭頂部を糸で吊った、操り人形のようだ。

リアムとデズモンドは声にならない悲鳴を上げた。これは悪戯なんかじゃない。何かがおかしい。すべてがおかしい。

デズモンドは再び立ち上がり、後ずさりし、テーブルから離れる。続いてリアムも立ち上がろうとするが、脚に鋭い痛みを感じ、自分が骨折していることを思い出した。テーブルに立てかけてあった松葉杖に手を伸ばすが、焦ってそれを倒してしまう。

ジェイコブがベンジャミンの頭からナイフを抜き取ると、糸の切れた人形のようにベンジャミンは前に倒れた。食器がひっくり返り、スープやパンが飛び散る。ベンジャミンの頭頂部からはどくどくと血がしたたり、トレイやテーブルに血だまりを作っていく。

ジェイコブはナイフを順手に持ち替え、握りしめた。そして、何ごともなかったかのように席に着く。

「じょ、冗談だよな!?　早く種明かししろよ！　おいベン、起きろって！　ベンっ！」

リアムは半狂乱になって叫んだ。

「落ち着けって」

ジェイコブは落ち着いた様子でリアムを宥め、ナイフを持った右手をテーブルの上に置いた。

切っ先が真上を向いている。

次の瞬間、さっきのベンジャミンみたいに、糸が切れたようにジェイコブはテーブルに倒れ込んだ。

リアムは目の前で見てしまった。ナイフの先端がジェイコブの眼球に突き刺さるその瞬間を。

吹き荒《すさ》ぶ風の音だけが聞こえる。リアムは言葉を発することができなかった。

後ろでどさっと音がした。ハッとして、息を吸うのを忘れていた自分に気づく。振り向くと、デズモンドが地面に手と膝をついていた。

「おえぇ、げほっ。ごほっ」

デズモンドが芝生に嘔吐《おうと》した。リアムは彼から目を逸《そ》らし、一刻も早くこの場から離れようと、倒れた松葉杖に手を伸ばした。

手が——体全体が震えていた。

リアムは震える手でどうにか松葉杖を拾い上げ、椅子から立ち上がった。デズモンドを待つ余裕もないまま、まだ賑《にぎ》わっているであろう食堂へと続くレンガ道を歩いた。

第十八章

OLD ENOUGH
TO LEARN MAGIC!

学園の敷地内で生徒が二人死んだ。死んだのは、リアムのグループの、ジェラールに骨を折られなかった二人だ。

食堂のテラス席から延びるレンガ道を行った先に、ガゼボが建てられている。そこのテーブルに突っ伏して死んでいるのを若い教師――この前食堂でジェラールを連れていった教師だ――が発見した。彼女は、リアムとデズモンドに言われてガゼボに向かったそうだ。

学園では、リアムとデズモンドが二人を殺したのだと、もっぱらの噂《うわさ》になっている。なぜなら彼らは、殺された二人といっしょにガゼボへ向かった姿が大勢の生徒に目撃されているからだ。彼らはその直前にスペルビア派閥の上級生グループと口論をしていて、かなり目立っていた。僕自身もそのとき食堂にいたから、言い争いが起こっていたのは知っている。

また、死んだ二人は、いじめっ子グループとひとまとめに扱われるのが嫌でグループを抜けようとしていたという。そんな二人を締め上げようと画策するリアムたちの会話を聞いたという生徒の証言も上がっている。実際、ルビィ・リビィに対する行き過ぎたいじめの実行犯はリアムとデズモンドだったから、グループを抜けることができていたなら、死んだ彼らへの非難は弱まっていただろう。

このような状況でリアムとデズモンドに疑いの目が向けられるのは自然なことだった。さらに、リアムとデズモンドの証言がまるで要領を得ないのも怪しかった。突然二人が狂ったように殺し合いを始めたなどと彼らは言っているのだ。

大人たちから事件について語られることはなかったが、どこから漏れたのか噂好きの生徒が嬉々《きき》として広めており、今では多くの生徒が事件の詳細を知っていた。ベンジャミンは頭頂部を突き刺され、ジェイコブは左手と右目を貫かれて死んでいたという。凶器は一本のナイフだそうだ。リアムたちの証言が正しいなら、ベンジャミンとジェイコブは一本のナイフを使って交替で相手を攻撃し、最後に生き残った方が自殺したということになる。そんな話、誰が信じられようか。

しかし、その拙く思える証言は、拙すぎるがゆえに逆に奇妙だった。僕が殺人を疑われているならもっとマシな言い訳を考えるだろう。たとえば、誰かが突然ガゼボに侵入し、二人を殺してからすぐに立ち去ったとか。

リアムとデズモンドは自宅で謹慎することとなった。二人は通学組だが、寮生だったとしても周りへの影響を考えて自宅に帰らされたに違いなかった。たしか、死んだ二人もこのあたりのタウンハウスから通う通学組だったはずだ。

附属校の頃から四人はつるんでいた。同じスペルビア派閥で、家同士が近い幼馴染《おさななじみ》なのかもしれない。そんな仲良しの四人が、なんともひどい結末を迎えたものである。

エルサの書斎に論文を読みにきたのだが、最近いろいろなことが起こったせいか、考えることが多くて集中できない。そんな状態でここにいても仕方がないから、今日はもう自分の部屋に戻ることにした。

書斎のドアを開けると、エルサがちょうど中に入ろうとしたところだったようで、ばっちり目が合った。

「や、やっほー……」

彼女らしからぬ気さくな挨拶だった。慣れないことをしたからか、最後の方は自信なさげに声がしぼんでいった。とても気味が悪かった。

「なんですかそれ」

「……挨拶だけど」

「そうですか。こんばんは」

「うん……。もう戻るの？」

「そのつもりです」

「そう……」

彼女の横を通り過ぎる直前に、エルサに聞きたいことがあったことを思い出す。

「ああ、そうだ。魔力についてエルサさんに聞きたいことがあるのですが、今大丈夫ですか？」

「え？　そうね。少しくらいなら時間作れるかな」

「ありがとうございます」

「……荷物片付けるから、少し待ってて」

「はい」

エルサはカバンを机の上に置くと、部屋の外へ出ていってしまった。少し待っていると、ティーポットとカップを載せたトレイを持ってエルサが戻ってくる。

エルサは僕の正面のソファに座り、ポットから二つのカップに茶を注ぎ、一つを僕の前に置いた。

「それで、聞きたいことって？」

「あの……その前にちょっといいですか？」

「な、何？」

「今日のエルサさん、様子がおかしいですよ」

「え？　そ、そう？　べつにいつも通りだと思うけど」

「このお茶は？」

「あー、これ？　これはトーサからの輸入茶葉なんだけど、最近の王都で流行《はや》って――」

「そうじゃなくて。お茶なんて淹《い》れたことないですよね」

「そんなこと……ないけど」

僕はカップを持ち上げ、一口だけ飲む。

「薄いですね」

「え……」

エルサは自分のカップに口をつけた。お茶を口に含むと、微妙な表情を浮かべる。

「それで、僕に何をしてほしいんですか？」

「へ？　なんでそうなるの？」

「僕に何かを要求するために、手厚くもてなしているのではないのですか？」

「……べつに。同僚から茶葉をもらったから気まぐれに淹れてみただけ」

エルサはそんな気まぐれを起こす人じゃない。……ああ、そういうことか。

「その同僚とは、リビィ夫人のことですか？」

「……よくわかったね」

やはりそうか。リリィは僕とエルサの仲を近づけたがっていた。今日のエルサの様子がおかしいのは、きっとあの人が何か余計なことをエルサに吹き込んだのだ。

「まあ、他にあなたの同僚を知りませんから」

「この前リリィと話したんだってね」

「はい。ルビィの家に行ったときに少し」

「何か言ってた？　私のこと」

「もちろん。それくらいしか共通の話題がありませんからね」

「ふ、ふぅん？　変なこととか言ってなかった？」

変なことか。存在自体が不思議な女性だった。

「そういえば、目が好きだと言われました。あなたの目に似ているのだと」

「……あの子」

エルサがため息を吐《つ》いた。僕と目が似ていると言われるのは嫌なのだろうか。

「僕はべつに似てないと思いますけどね。どちらかと言えば父に似て鋭い目つきだと思いますし」

「いえ、リリィが似てると言うなら、似ているのよ。あの子、眼球には詳しいから」

「そ、そうですか」

思ったより変な人だった。エルサの友人をやるだけのことはある。

「リリィのことはいいのよ。そろそろ本題に入りましょう。魔力のことで聞きたいことがあるんでしょ？」

「あ、はい。——聞きたいことというのはですね、魔力が人格に及ぼす影響——」

「リリィに何かされたの!?」

エルサが勢いよく立ち上がり、テーブルの上に身を乗り出した。彼女の顔が目前まで迫り、僕は思わず仰《の》け反《ぞ》った。

「な、何もされてないですけど……」

「え、あ、そうよね……。リリィがロイに何かするわけないよね。——えっと、何が聞きたいんだったかしら」

エルサは何もなかったかのように、すんとした顔で座って尋ねた。

「えっと、だから、僕が聞きたいのは、他人の魔力を体内に注がれ続けると人格に影響があるのかってことです」

「……どうして気になるの？」

「昔僕がルビィに大量の魔力を与えたことを覚えていますか？」

「ええ。あなたたちが誘拐されたときのことよね」

「はい。あの後、ルビィが変わったんです」

「どんなふうに？」

「僕への接し方が……なんというか……親しげになりました」

「それは、あなたに命を救われたからじゃなくて？」

「根拠はルビィだけじゃない。魔物に魔力を与えても同じような現象は起こりました」

「魔物に……どうしてそんなこと……。あなたは遠距離通信の研究をしているのではないの？」

「研究とは別です。昔魔物を蹴り殺したときに……」

口が滑った。このことは誰にも言うつもりはなかったのに。

「え？」

僕は困惑するエルサから目を逸《そ》らし、まずい茶の入ったカップに視線を固定しながら、できる限り淡々と話し始めた。

「もう四年以上も前の話です。小さくて、害のない魔物でした。僕の目の前を飛び跳ねていたから気まぐれに蹴り飛ばしたんです。瀕死《ひんし》のその魔物を死なせないように魔力を送っていたら僕に懐いたようで、僕の手にぴたりと体を寄せてきたんですよ。まあ、結局死にましたけどね」

こんな話を聞かされて、エルサはどんな表情をしているだろう。視線を上げることができない。何も言ってこないから居心地が悪かった。

やがてエルサは立ち上がった。部屋を出ていくのだろうか。それも仕方ない。

しかし、エルサは立ち去らなかった。それどころか彼女は、どうしてか僕の座るソファに腰を下ろした。

エルサの方に顔を向けようとしたとき、突然目の前が暗くなった。エルサの胸に抱かれたのだと遅れて理解する。

何が起きているんだ？　何かの実験なのか？　頭の中でいくつものはてなが浮かぶ。押しのけることもできず、じっとしていると、エルサが僕の背中を撫《な》でた。体が固くなっていたことに気づき、力を抜いた。

しばらくそうしていると、熱がこもるせいか、顔が熱くなってきた。

「ん……あの……もうそろそろ……」

僕はエルサの体を軽く押した。エルサの体が離れ、冷たい空気が触れ、目の周りがひんやりとした。

エルサは立ち上がろうとしない。僕は咳払《せきばら》いを一つした。

「今のは……」

「泣いてたから」

「泣いてた？　僕が？」

「あなたが」

瞬きをすると、まつ毛が濡《ぬ》れていることに気づく。

「僕が泣くと、なぜエルサさんが抱きしめるんですか？」

「それは……ルールだから」

エルサがそっぽを向いて答えた。

「ルール？」

「そ、そうよ。世界の仕組みがそうなってるの」

すべてが不思議で、じっとエルサの顔を見ていると、彼女の耳が赤くなっていくのがわかった。どうやら照れているらしい。

僕の視線に耐えきれなくなったのか、エルサは立ち上がった。

「……さっきの質問だけど」

「え？　ああ、魔力の」

エルサが僕の方を見ないまま言った。エルサに抱きしめられたことが衝撃的すぎて一瞬なんのことかわからなかったが、当初の目的を思い出す。他人の魔力が人体に及ぼす影響について聞きにきたのだった。

「私からは、はっきりと答えることはできない」

「……そうですか」

「でも、その代わりに別のものを貸してあげる。ロイが求める答えのヒントにはなると思うから」

エルサの顔がこちらを向く。

「ヒント……。その別のものとはいったい、なんなのでしょうか」

エルサがまた恥ずかしそうにそっぽを向き、小さい声で言う。

「……交換日記よ」

エルサが交換日記と称した古い冊子を受け取り、ぎこちない挨拶を交わした後、自室のベッドに倒れ込んだ。僕の求める答えのヒントがこの日記の中にあるとエルサは言っていた。すぐにでも読んで確かめるべきなのに、やる気が起きない。エルサのせいだ。抱きしめられたときの温《ぬく》もりがまだ僕の体に残っているようで、落ち着かなかった。

どうせ集中できないだろうから、今日はこれ以上何もしないで過ごそう。明日は休みだ。日記を読む時間はある。


一晩挟むと悶々《もんもん》としていた気持ちもいくぶんか晴れた。少し寝不足だが、問題はない。朝食を済ませ、さっそく日記を読むことにする。

表紙には『かぼちゃパイとシナモンティーの会日誌』と書かれている。交換日記と聞いていたが、どうやらクラブの活動日誌のようだった。それにしてもおかしな名前だ。誰がつけたのかわからないけど、少なくともエルサではなさそうだった。
僕は表紙を開いた。

実力もないのに威張ってばかりの男たちに呆《あき》れ果て、私とリリィは女二人の秘密のクラブを結成することにした。その名も『かぼちゃパイとシナモンティーの会』。リリィのネーミングセンスは信用できないから、命名は私の独断だ。行きつけの『シャルロッテ』でいつも私たちが注文するメニューにちなんでいる。あそこのかぼちゃパイは絶品だけど、行くたびに頼んでしまうから体型を維持するのが大変だ。

……まあ、エルサだって昔は少女だったということだろう。だが、なんのための集まりなのかが名前から読み取れないのはよくない。団体名は短くてわかりやすいものにするべきだ。僕の『境界の演劇団』を見習ってほしい。実態は僕たちが政治的な主張をするためのサークルだけど、今度の学園祭ではエベレストとエリィが中心になってちゃんと演劇もする予定だ。演劇団という名にふさわしい。かぼちゃパイだかシナモンティーだか知らないが、この名前では、カフェで適当におしゃべりをする会にしか思えない。

ところで、このかぼちゃパイは今でも食べられるのだろうか。日誌によると『シャルロッテ』という店のメニューだそうだが……。今度エルサに聞いてみよう。

10月8日　エルサ

リリィと二人でしばらく活動してみたけど、他にメンバーもいないから毎回二人でおしゃべりして終わっている。リリィはそれでいいと言うけど、『かぼちゃパイとシナモンティーの会』を結成した当初の目的は、学問における男性優位を覆すことだったはずだ。結局のところ、学園で最も能力が高いはずの私たちがこうして放課後の時間を無意味に使い潰していることこそ、彼らの優位性を助長しているのではないか。

この現状に私たちは危機感を持ち、真剣に魔法学の議論をしていく必要がある。次回からはトピックを明確にし、話し合うこととする。

次回のトピック――魔力の総量の計測方法。

10月12日　リリィ
人が持つ魔力量を測る検査を評価するために、私たちは三つの基準を定めた。まず一つ、精度が重要なのは言うまでもない。二つ目にコスト。当然、安く検査ができるに越したことはないだろう。そして三つ目に不快度だ。検査を受ける者の負担は考慮されなければならない。たとえば、魔力量を正確に測れてコストも抑えられる検査でも、検査に大きな苦痛を伴うなら実用上の問題が生じるだろう。
この基準に基づき、私たちは既存の魔力量検査をそれぞれ評価した。以下にその結果をまとめる

——

⋮
：
・

11月5日　リリィ
今日のトピックは魔力を送る方法について。エルサが言うには、いずれ魔力を離れた所に自由に移動させることができるようになるそうだ。この前魔力バッテリーというものが開発され、学会で話題になったという。今はまだ少ない魔力しか蓄えられないが、これから容量が大きくなっていけ

ば、蓄えた魔力をいつでもどこでも取り出せるように技術が発達していくことは十分に考えられる。エルサは杖《つえ》の原材料である魔樹《まじゅ》の動脈が応用できそうだと言った。私はどうせならもっと細くて柔軟な素材、たとえば糸のようなものの方が便利そうだと意見を出した。エルサも賛成し、それからは二人でどうすれば糸のような形状のもので魔力を送ることができるのか、アイデアをいろいろ出し合った。一番有力な案は――

：

・

12月5日　リリィ

昼休み、ナッシュと話してたね。なんの話をしていたの？

12月6日　エルサ

テストの話。ここに書かないで普通に聞いてくれればいいのに。

次の活動だけど、寮の私の部屋に集合ね。『40歳から始める健康魔法』を読み返していたら面白い記述を見つけたの。ちょっとした実験をするからリリィも楽しみにしてて。

12月10日　リリィ

『魔力で人は懐くのか？』。突飛な発想だと思ったけれど、エルサに言われてあの本を読んでみると、たしかに魔力で魔物が懐いたという記述があった。それを私で試してみようだなんてエルサらしいけれど、それを抵抗なく受け入れる私も私ね。

実験の方法は、二人で手を繋《つな》ぎ、エルサの魔力を私の体内で循環させるというものだ。私はエルサのように自在に魔力を動かすことはできないから、そういうふうに必然的に役割は決まった。他人の魔力が体を巡る感覚というのは、それほど感じ取ることはできないらしい。でも、なんとなく心地よい感じがある。手を繋いでベッドで横になるなんて子供みたい。しばらく——たぶん十五分くらいだったと思うけれど、エルサが私の手を離して実験は終わった。その後変わったことがないかとエルサに問われたけれど、自分では大きな違いは感じない。もともとエルサしか仲良くしたい子もいない私からしたら、実験をする前から私はエルサに懐いていると言えるのかもしれない。もう何回か実験を継続するとエルサは言ったけれど、効果があるのか疑問だ。

12月11日　エルサ

次の実験は明後日だけど、私から見たリリィの変化を書き留めておく。本人は特に変化がないと言うが、実験前よりも僅かではあるが私との距離が近くなったように感じる。廊下を並んで歩くとき、頻繁に手を繋ぎたがったり、授業中に目が合ったり。気にしすぎだろうか？　私のよくないところだけど、一度仮説を立てると、それを支持する結果ばかりに目が行ってしまうから、十分注意を払わないと。

12月13日　リリィ

実験二回目。前回と同じようにエルサの魔力を十五分間くらい私の体の中で循環させた。結果は……やはり私には特に何か変わったように思えない。エルサは、スキンシップが増えた気がすると言っていた。そうだろうか？　実験前のスキンシップの回数を記録しておけば比べられたのだけど。

12月14日　エルサ

今日は魔力を与える日ではなかったけど、リリィが私の部屋にやってきた。お互い他人に干渉するタイプでもないから、用もなく相手の部屋を訪ねることはこれまでなかった。

実を言うと、今回の実験は冗談半分で始めた。魔力を他人に注いで懐かれるなんて本気で信じてはいなかった。でも、最近のリリィの様子を見るともしかしたらという気持ちが湧いてくる。それともリリィ、私のこと揶揄《からか》ってる？

12月16日　リリィ

実験三回目。実験方法は前回と同じ。スキンシップが増えたとエルサが言う意味がわかった気がする。さっきエルサの部屋を出ていくとき、エルサと離れるのが名残惜しかった。だけど、これが実験の影響なのか否かは、研究者を志す者としては、慎重に見極めなければならないはずだ。

実験を始めてからスキンシップが増えた。これは事実だ。結果だけ見れば魔力を注ぐこととスキンシップが増えることとの間に因果関係が成立しているように見える。しかし、実際は他の要因も考慮するべきだろう。

最初に実験を行った日、私は初めてエルサの部屋を訪れた。私たちは手を繋ぎ、二人並んでベッドに横になったが、魔力など無関係に、この出来事自体が私たちの精神的なつながりを強めたことは否定できない。さらに言えば、エルサと私は、身体的接触を伴う実験における、実験者と被験者の関係である。この関係性において発生し得る感情の動きを無視することはできないだろう。また、放課後に二人で秘密の実験をし、二人だけの秘密を共有するという状況が仲を深めるのに大いに役立っているに違いない。ある意味で、私たちの関係性が実験を始めてから変化したのは当然のことなのかもしれない。

12月20日　エルサ
昨日、四回目の実験を行った。『魔力で人は懐くのか？』という問いに、私は「はい」と答えるしかないだろう。実験が終わった後、リリィは私のそばを離れようとしなかった。そんな状態でリリィを追い出すことはできず、昨日は仕方なしに私の部屋に泊まらせた。今、朝早くベッドから抜け出し、リリィが眠っているうちに、こうして日誌を書いている。

リリィの今の状態が魔力を注がれ続けた結果であることは明白だった。それなのに本人はいっさい認めようとしない。私たちが純粋な形で仲を深めたのだと信じたいようだった。政略結婚を控えた女子生徒同士が特別に親密になることは、よくあることだとリリィは言う。私もリリィも大学へ進学するが、魔法学の研究者として優秀になれば、結婚という形でアヴェイラムに取り込まれることになるだろう。その事実からの逃避で同性の友人を大事にする子たちがいるのは私も知っている。でも、リリィのこの急激な変化はそれだけでは説明がつかない。このまま実験を続ければ、取り返しがつかないことになるかもしれない。……いや、もうすでになっているのだろうか。

リリィの様子がおかしいことは二回目の実験が終わった後にはすでに気づいていた。それでも実験を中止しなかったのは、私が知的好奇心を優先したからだ。魔力で人が懐くのが事実だとするなら、それはとてつもなく大きな発見だ。突き詰めていけば他人を――

日誌はそこで終わっている。魔力の実験とともに『かぼちゃパイとシナモンティーの会』も終わりを迎えたのだろうか。

この最後の実験こそ、エルサが僕にこれを渡した理由だった。魔力を他人に注ぎ続ければ、強制的に自分に好意を持たせることができるということだ。

エルサとリリィの関係はその後《ご》どうなったのだろう。日誌からは知ることができない。今も研究所で付き合いがあることを考えると、時間が経《た》って症状は弱まったのかもしれない。ルビィが僕にべったりだったのも最初のうちだけで、ひと月もすれば症状はだいぶ落ち着いていた。ただ、そのときの後遺症なのか、ルビィは今もなお僕に好意的だ。彼の感情が僕の魔力によるものではないと言い切ることはできない。

はぁ、とため息がこぼれる。親子そろって僕とエルサは何をしているのだろう。

第七章

OLD ENOUGH
TO LEARN MAGIC!

年末に精霊祭が中止となったのを補うため、先月、学園は僕たち生徒に学園祭を開くことを通達した。開催は今月半ばに迫っている。生徒二名の死によって学園の生徒たちは少し動揺を見せているが、僕たちが劇的に勝ち取った自由を再び抑圧すれば生徒たちからの強い反発を生む。今や『境界の演劇団』は、反魔運動の学生サークルとして学園外にまで影響力を持つため、学園としては開催せざるを得なかったのだ。

『境界の演劇団』はその名の通り、学園祭で演劇をする予定だ。以前精霊祭で上演する用にルビィが脚本を書いてくれたから、それをそのまま使うことになった。もともとは僕も悪役として出演予定だったが、これまで積み上げてきたイメージをわざわざ悪くすることもないでしょうとペルシャに言われ、裏方に回ることになった。

衣装担当で裏方仲間のエリィによろしくと言うと、「でもアヴェイラム君のやることあんまりないよ」と言われてしまった。マッシュは音楽担当だし、ヴァン、ペルシャ、エベレストは演者だから僕一人だけ何もしないのは忍びない。

そこで僕は、劇に魔信《ましん》を導入することにした。本番で使用する講堂はそれなりに広く、演者たちは常に大声を出さないと後ろの人まで声が聞こえないが、魔信《ましん》と受信機を数台設置することでその問題は解決するはずだ。僕が父から魔信《ましん》を使わないよう釘《くぎ》を刺されたことをペルシャは知っていたようで、強く反対された。しかし、この前僕がリリィ・リビィから教わった法の抜け穴を説明してやると、彼はため息をつき、渋々了承したのだった。

学園祭という目先のイベントのおかげで、生徒たちは悲惨なガゼボ事件から気を逸《そ》らすことができたようで、少しずつ活気を取り戻していった。授業の後や休みの日を使って学園祭の準備に励む姿は忙しそうであったが、みな表情は明るい。そんなこんなで学園祭の日はすぐにやってきた。

朝、馬車で登校し、シャアレ寮に立ち寄ると、談話室へ向かう途中でマッシュに会う。

「ロイ様だー。おはよー」

「おはよう、マッシュ。もう出るのか？」

「うん。いろんなクラブからピアノ弾いてほしいって頼まれてるんだ」

「そうか。じゃあいっしょに回れないな」

「そうなんだよー。ロイ様は？　今日は一人で何するの？」

「ひ、一人？」

「え？　だって、ペルシャは討論会に出るし、エベレストとエリィはずっとファッションショーやるって言ってたじゃん」

「そうだった……。ヴァンは……たしかトーナメントに出るんだったな。あの戦闘狂め」

「――あっ、もういかなきゃ。じゃあまた演劇のときに！」

「ああ、また」

マッシュはタッタッと走り去った。僕はため息をつき、さっきよりも重い足で談話室へと向かった。

談話室にはルビィがいた。他に生徒はいない。なんだかんだみんな忙しいみたいだ。

しかし珍しいな。ルビィはあまり人と交流をしないから、談話室に来ているのを見たのは初めてだ。ここでも彼は、いつものようにペンを動かして文字を書いている。僕は彼の正面のソファに腰を下ろした。

ルビィが顔を上げる。

「ロイ君」

「ルビィ・リビィ」

名前を呼ばれたから、名前を呼び返した。

「誰かと回る？」

「いや、ここでサボってようと思う」

「そっか」

それだけ言って、ルビィは書くことを再開した。ルビィもサボるつもりらしい。仲間がいると心強い。ルビィがよく行動をともにしていたジェラールは、リアムたちの骨を折ってから今なお謹慎中だから、ルビィもいっしょに回る人がいないのだ。でもそれも悪くない。一人ぼっちで集まって隅っこで隠れているのも学園祭の楽しみ方のひとつだろう。

魔法剣の練習をしたりぼうっとしたりしていると、中庭の方が賑《にぎ》わってきた。たぶん生徒たちの家族が入り始めたのだろう。学園祭は家族も参加可能となっている。僕の家族は……まあ来ないだろうな。ルビィはどうだろう？　リリィはルビィを溺愛しているふうだったから、来てもおかしくはない。

聞いてもいいし聞かなくてもいいなあ、なんて思っていると、談話室に入ってくる者がいた。

「なんだ、あんたか。それと……」

ウェンディだった。なんだとは失礼な。彼女はすぐにルビィに視線を移し、申し訳無さそうに眉尻を下げた。ウェンディはリアムの姉だ。弟がルビィを酷《ひど》くいじめていたことに思うところがあるのだろう。

ウェンディは僕の隣に座り、ルビィに向き合った。

「あ、あの、ルビィ君……さん」

ウェンディはペンを動かし続けるルビィに声をかけた。呼び方が定まらないらしく、おかしな感じになっている。ルビィはウェンディに気づいていない様子だった。

「切りがいいところまで待つといいですよ」

困った顔で僕を見たウェンディに、アドバイスを送る。

「そう……だね」

ウェンディは納得したようだった。

不思議な組み合わせになってしまった。しかし、考えてみればウェンディも一人ぼっちという意味では同族なのかもしれない。弟のリアムに殺人の疑いがかけられているということは、当然ウェンディの評判にも悪影響があるはずだ。ウェンディが何もしていなくても、加害者家族と距離を取りたくなるのが人の心理というものだ。

ウェンディの横顔を盗み見ると、目の下にうっすらとクマができているのが見て取れた。

僕は読みかけの論文を読むことにした。ウェンディも小さな鞄《かばん》から本を一冊取り出し、読み始めた。僕たち三人は特に話をすることもなく、ゆっくりと時間が過ぎていった。紙をめくるとき、小さな緊張が走るのがわかるほど、部屋の中は静寂に包まれている。時折外から楽しそうな声が部屋の中まで聞こえてくると、僕らだけが違う世界にいる気になった。

コト、と机にペンが置かれ、僕は顔を上げた。ルビィがウェンディをじっと見ている。

「あ、ええと、ごきげんよう」

ウェンディはしどろもどろに挨拶をした。

「こんにちは」

ルビィは挨拶を返した。

「私、ウェンディ・ドルトン。つまりその、リアムの姉で――」

「知ってます」

「あっ、そうよね。あのね。リアムが君にしたこと、ほんとにごめんなさい。私が謝ってどうなるって話だけど……」

「学園祭回りたい。この三人で」

「え？　え？　この三人で？」

ウェンディが目を丸くする。僕も驚いて、ウェンディと顔を見合わせた。

「この三人で一緒に回った方がいいと思う」

ルビィは念を押すように言った。彼の言い方は、何か確信があるかのようだった。

「僕は構わないよ。演劇の時間までどうせ暇だ」

僕はルビィに返事をし、ウェンディに目配せをした。

「まあ、私も暇だけど……」

そうして、このよくわからない三人組で学園祭を回ることになった。


寮の建物を出て三人で歩いていると、やはり奇異の目で見られる。いじめられっ子といじめっ子の姉がいっしょにいたら気になるのは自然なことだ。普段から注目されることに慣れている僕も、いつもと違う種類の視線にどこか落ち着かない。

ルビィは周りの目など気にしていないかのように、いつも通りの姿を見せている。一番気まずそうなのはウェンディだ。さっきから髪の毛をいじる回数が多い。

しかし、見方によってはこの状況はウェンディにとって悪くないかもしれない。姉の方はいじ

め っ子の弟とは違い、ルビィとの仲は悪くないのだと周囲に印象付けられる。ウェンディとルビィの二人だけだと、弟の敵を討ちにきた姉のような構図にも見えそうだが、間に僕が挟まることでちょうどいい感じになっている。この三人で学園祭を回ろうとルビィが言い出したのはこれが狙いだった、というのは考えすぎだろうか。

「ねえ、このまま歩き続けるつもり？」

ウェンディはげんなりした様子だ。

「何か食べたいんですか？」

「違うっての。こんな見世物みたいに練り歩いて、何がしたいのよ」

「たしかにそうですね。お祭りでは何をするのが正解なのですか？」

「はぁ……。もういい。回るところは今から全部私が決めるから。ちゃんとついてきなさいよ」

ウェンディは目的地も決めずにただ歩いていた僕に呆《あき》れたようだった。仕方ないだろう。祭りの楽しみ方なんて知らないんだから。

僕とルビィが横並びになり、ウェンディが先導する形で移動を開始した。

僕たちが最初に訪れたのは、小さな魔動車を展示しているクラブだった。寮の先輩が所属している。年末の『希望の鐘』を鳴らす作戦のときに、体を張って僕の身代わりになってくれた先輩だ。僕は彼のことを心のなかで信者先輩と呼んでいる。理由は、彼が僕の信奉者だからだ。

「ああ、教祖様……じゃなくてアヴェイラム君。わざわざ僕のために来てくれたのかい？」

「あ、はい。ウェンディ先輩に連れられて」

「ん？　ああ、ウェンディもいたのか。ルビィ・リビィ君も。珍しい組み合わせだね」

「はずれ者クラブってところです。ウェンディ先輩が会長を務めています」

「そうなのか？」

　信者先輩がウェンディに聞く。

「……そういうことみたい」

　ウェンディは否定しなかった。

「ところで、面白いものを作ってるんですね」

　魔動車とは、魔力で動く車のことだ。今は馬車が移動手段のメインストリームだが、魔動車に取って代わられる可能性があると言われている。

「興味あるかい？」

「はい。魔動車って、今どうなんですか？　出力が足りないと聞きますけど」

「まさにその通りだよ。こういったミニチュアでは動かせるけど、人が乗る大きさではぜんぜん。魔力を動力に変換するときにロスが多いんだ」

　信者先輩が詳しい話をし始めると、ウェンディとルビィは別の人に案内されて、ミニ魔動車を各々動かし始めた。ギクシャクした感じはだいぶなくなってきている。ああしていると、ウェンディが姉というのも納得できる。家族とは仲が悪いと聞いているが、どちらかと言えば親と折り合いが悪いらしい。リアムとは互いに不干渉という話だ。

「僕の理解では、たしか、仮に最高の変換効率を達成しても、人の魔力量では十分に動かせないのでは？」

「そうなんだよ。だからほら。僕たちが目指すべきはこんな感じの魔動車なんだ」

信者先輩がミニ魔動車のひとつを手にとって僕に見せた。ここにあるものの中でも特に小さい、二輪の魔動車だった。

「これは……一人乗りですか？」

「そう。これなら理論的には魔力は足りるんだ。魔力が多い人ならちょっとした遠出くらいはできる……はず」

「なるほど。完成が楽しみです」

「はは……。気長に待ってくれると嬉《うれ》しいよ」

信者先輩は自信なさげに笑った。地球の歴史と照らし合わせれば、今のままでは魔動車は絶対に普及しない。人一人が生産できるエネルギー量が絶対的に足りないからだ。魔力バッテリーや魔力から動力への変換システムはこれからも高性能化していくが、最終的にはエネルギー不足という壁にぶち当たる。

僕は、生物が魔力を生み出すというシステム自体に問題があると思っている。近い未来、人類は魔力を人工的に生産する方向へと一斉に進み始めるだろう。それが実現しなければ、近年の魔工学によって生み出された数々の発明は、一部の魔力の多い者や金持ちだけが持てる贅沢品《ぜいたくひん》という位置づけになるだけだ。

しかし、人工魔力の生産には大きな課題がある。生物が生成する魔力には、個体ごとに特有の模様があるからだ。それはつまり人によって規格が異なるということだ。規格が統一できなければ工業化など夢のまた夢。すべての人が自由に使うことのできる魔力、すなわち、『統一魔力』と呼ばれる概念上の魔力を作り出し、魔力の民主化を実現しなければならないのだ。

信者先輩のクラブを見終わったあと、ウェンディはご飯にしようと言って、サンドイッチと果実水を奢《おご》ってくれた。ベンチにウェンディを真ん中にして三人並んで座る。

「フォーチュンサンドだって。中に予言が入ってるみたい」

ウェンディの声が弾む。談話室では暗く沈んでいた表情も、少しだけ明るくなったように見える。

「予言と言っても、つまりは生徒が書いたものでしょう?」

「はぁ……。あんたって」

ため息をつかれた。

「なんですか?」

「かわいくない」

「可愛《かわい》さを武器にしていないので」

「人の楽しみに水を差すやつは嫌われるってことだけ言っとく」

何も言い返せない。たしかに、言わなくてもいいことだった。しかも、奢ってもらっておいて。

「……すみません、失言でした」

「わかればいいわ。こういうのは何も考えず楽しめばいいのよ。――あ、ルビィ君の、なんて書いてあった？」

僕たちが言い争っている間にルビィは黙々と食べていたらしく、もう紙を見つけて広げているところだった。

「『その道を信じて進めば成し遂げられる』」

「へぇ、いいじゃない。今ルビィ君がやってることは間違ってないってことね」

「よかった」

ルビィの表情がほんの僅かに綻ぶ。何か思い当たる節があるのかもしれない。

次に予言にたどり着いたのは僕だった。小さく折り曲げられた紙を広げる。

「どう？」

ウェンディが僕に尋ねる。

「『転機を迎える』か。穏やかじゃないな」

「そう？　いい方に転じるって信じなさいよ」

「すでにいい方に向いてるのに?」

「そんなのわかんないでしょ。このままだとお先真っ暗かも」

ウェンディが意地悪な目をして僕を脅す。でもそんなの僕には効かない。研究も調子がいいし、『境界の演劇団』の知名度も上がってきたし、僕には正しい道を突き進んでいる実感があるのだ。

「じゃあ、今よりもっと良い未来に続く転機だと思っておきます」

「それがいいかもね。――あ、私もたどり着いた」

ウェンディが食べかけのサンドイッチから折り畳まれた紙を引っ張り出す。彼女はそれを広げるが、微妙な顔をする。

「なんて書いてあったんですか?」

「え……べつに」

「後輩二人には公開させておいて、自分だけ逃げるのはなしですよ」

「う、わかったわよ。『待ち人来《きた》る。運命の相手かも!』だって。やっぱり生徒が書いただけだから当てになんないわね」

「さっきと言ってることが違いますけど」

「いいのよ。予言が外れたーって文句を言うのも楽しみ方のひとつなんだから」

「まあ、一理ありますね」

占いや予言なんて、結局は受け手の解釈次第だ。望まない結果のときに無理やりいいように受け取るのも無視するのも本人の自由。一瞬立ち止まって今の自分を客観的に見る良い機会になったな、くらいに捉えるのがちょうどいい。

おなかを膨らませた後、僕たちは適当に出店《でみせ》や教室で行われている展示を見て回った。なんとなく祭りの楽しみ方がわかってきたかもしれない。気の向くままにだらだらと歩き、気になった店があれば、ふらっと立ち寄る。気づけばウェンディはもう僕たちを先導していなくて、三人が隣り合ってイベントを楽しめている感じがした。

近くまできたから、エベレストとエリィがやっている服の展示も覗《のぞ》いてみることにした。彼女たちは教室を借りてエリィが作った服の宣伝をしている。

目的の教室に近づくと女子生徒たちの高い歓声が聞こえてきて、盛り上がっているのがわかる。廊下から教室の中を覗いている男子生徒――教室の中は女子ばかりで入りづらいのだろう――の間をすり抜けて、部屋に入る。

「されい……」

ウェンディの口から感嘆の声がこぼれた。彼女の視線の先では、エベレストが美しいドレスを着て、堂々とランウェイを歩いていた。そう、ファッションショーをしているのだ。あれは僕が提案したものだ。劇の練習で集まったときに、服の展示だけだと物足りないとエベレストたちが話していたから、ファッションショーという概念を教えてやったのだ。そうしたら二人は目を輝かせて計画を練り始めたのである。

ショーは二人のモデルが入れ替わりでいろんな服を着て出てくるというものだった。エベレストは当然として、もう一人のモデルはオリヴィアという名のエリィの友人が務めていた。

「なんかあんたの代――というか演劇団の子たちって、みんなすごい子ばっかよね」

ウェンディが言った。

「きっとリーダーが優秀なのでしょうね」

僕がしたり顔で言うと、ウェンディがげんなりしたような顔をした。

「否定できないのがムカつくわね」

「どうも」

ショーが終わると、エベレストが僕たちのもとへやってきた。僕たちが教室に入ってきたところがランウェイから見えていたらしい。

「わたくしたちのショーはいかがでしたか？」

エベレストが僕に尋ねた。

「美しさも才能なんだと改めて思ったよ」

エベレストはなんというか、うまく言えないけど、存在が華やかだ。歩き方から何から、自然と注意が向いてしまう。

「当然ですわ！」

エベレストが得意げに胸を張った。

「あんたさ、褒めるならもっとわかりやすく褒めてあげなさいよ。綺麗《きれい》だったとか、かわいかったとかあるでしょ。ね、アルトチェッロさん。とっても綺麗だったわ。圧倒されちゃった」

「光栄ですわ！　ドルトン先輩は今日はロイ様と回っていらっしゃるのですか？」

「ええ。ルビィ君も入れて三人でね」

「そうなのですね……。不思議な組み合わせですわ。なんだかとても……いい感じですわ！」

エベレストが両手を胸の前で組んでウェンディにキラキラとした瞳を向けた。ウェンディはたじろいだ。

「そ、そう？」

「はい！　ドルトン先輩がいつもより楽しそうで、いっそう素敵に見えますわ」

「あ、ありがとう」

ウェンディは照れているようだった。エベレストは年上の同性からやっかみを受けるタイプかと思いきや、案外好かれるのがうまい。真面目な生徒会長なんかもエベレストにはとことん甘いという噂《うわさ》だ。……なんて思っていたら、少し離れたところからエベレストを見る生徒会長の姿を見つけた。もはやファンなのだろう。

エベレストとウェンディが話し込んでしまい、周りは女子生徒ばかりで居心地も悪いから僕とルビィは先に外に出ることにした。ルビィには流れで付き合わせてしまったが、あまり面白くなかっただろうか。

「つまらなかったか？」

「ううん。演出が面白かった」

演出か。目の付け所が独特だ。小説を書くのが好きだとそういう視点になるのかもしれない。

教室の外で少しの間待っていると、ウェンディがキョロキョロしながら出てくる。僕らの姿を見つけると、ほっとした顔を見せた。


また目的もなく歩き回った。吹きさらしの廊下から続く小さな広場に出ると、人だかりができていた。その中心で行われているのは、人形劇だ。

ルビィは人形劇が好きだと聞いている。彼の横顔を見るが、案外普通にしていて、それほど惹《ひ》かれているようには見えない。さっき適当に歩いていたときは、近代文学の展示を行っている教室に吸い込まれるように入っていったのに。

「あのクラブの人形劇、結構すごいのよ」

ウェンディが指を差した。

「そうなんですか？」

「有名な劇場にもたまに呼ばれるんだって。あの子が言っていたのよ。ほら、左側で人形動かしてる子。私の友達……だったんだけど」

友達だったと言うからには、喧嘩《けんか》でもしたのかもしれない。

「近くで見てきてもいいですか？」

「どうぞ。私はここで待ってるわ」

ウェンディは広場と廊下とを隔てる石の塀にもたれかかった。

「わかりました。ルビィ・リビィも来るだろ？」

「うん」

ルビィは頷《うなず》いた。

僕とルビィは人だかりをかき分け、人形の動きがよく見えるところまで近づく。ウェンディが結構すごいと評しただけのことはある。生徒の指から繋《つな》がる糸によって人形は自由自在に動き、物語が展開していく。まるで本物の人間のような動きの滑らかさだった。

生徒の指と人形の動きの連動をよく観察すると、どこか違和感を覚える。もしかしてあれは魔法具の一種なのではないかと思い、それを確かめるために僕は目に魔力を送った。

糸は点滅していた。人形に断続的に魔力が送られているのだ。やはりあの人形は魔法具で間違いなかった。

劇が終わり、クラブの生徒たちが後片付けを始める。去っていく観客に逆らい、僕は人形を操っていた生徒の一人に声をかけた。

「人形劇、面白かったです」

「ありが……あっ」

　彼女は僕の顔を見て目を見開いた。

「その人形って魔法具なんですか？」

「う、うん」

「どんな仕組みなんですか？　糸から魔力を送って動かしているように見えましたが」

「わあ、さすがだね。詳しい仕組みはわからないんだけど、魔力糸《し》って言って、どの糸に送るかで動きを細かく調整できるようになってるんだけど……君の方がたぶん詳しいよね？」

　女子生徒はルビィに顔を向けた。

「そうなのか？」

「仕組みは知ってるよ」

　僕が尋ねると、ルビィはこちらを向いて答えた。彼女は僕が知らないルビィのことを知っているらしかった。

「ねえ、二人はさ、その……ウェンディとは仲がいいの？」

　魔力糸のことをルビィに聞くより先に、女子生徒が控えめに僕たちに尋ねた。彼女は、僕ら越しにちらちらとウェンディの方を盗み見ている。

「とても良くしてもらってますよ」

僕はそう答え、ルビィも小さく頷いた。

「そうだよね……。さっき君たちがお昼食べてるところを見たんだけど、ウェンディ、楽しそうだった。……あの子、私のこと何か言ってなかった？」

「友達だったと聞いてます」

「あっ……」

「リアム・ドルトンのせいですか？」

女子生徒は目を伏せ、頷いた。

「……最低だよね、私。ウェンディが悪いわけじゃないのに」

「そうですね」

学園は小さな社会だから、この女子生徒がウェンディから距離を取ったことは責められない。でも彼女を慰めるようなことを僕は言いたくなかった。べつに深い理由があるわけではないけど、とにかく嫌だった。

女子生徒はそれ以上何も言わなかった。僕は彼女に背を向けた。ルビィはそもそも彼女の葛藤など興味なさそうで、話が終わるのを待っていたかのように身を翻した。

「あれ、あの人どこいったんだ？」

さっき別れたところで待っていると思っていたウェンディの姿が見当たらない。

「あそこ」

ルビィが右を指差した。見ると、ウェンディは大人の女性とベンチに座って話していた。一際存在感を放つその女性はリリィ・リビィ――ルビィの母親であった。

「なんだ、ルビィのお母さんも来ていたのか。でもどうしてウェンディ先輩といっしょにいるんだ？」

あの二人がいっしょにいるのは良くない。ウェンディはルビィをいじめていた生徒の姉という立場だ。

僕は小走りでベンチに近づいた。

「あら、ロイさんじゃない。ごきげんよう。学園祭は楽しんでいるかしら」

リリィはあっけらかんと僕に話しかけた。前に会って話したときと変わらない調子だ。ウェンディがリアムの姉だと知らないのだろうか？

「ええ、案外楽しめてます。それより、リリィさんも来ていたのですね」

「さっき来たばかりなの。いろいろ見て回っていたら、偶然ウェンディさんを見つけたから話していたのよ。ねぇ、ウェンディさん」

ウェンディの肩が跳ねる。

「は、はい」

ウェンディは緊張しているらしかった。リリィはウェンディのことを知りながら、あえて話しかけたみたいだが、その意図するところはなんだろう。

「ええと……お二人は知り合いなのですか？」

「ええ。前にいじめのことで一度学園に来たのだけど、そのときにわざわざウェンディさんが謝りにきてくれたの」

「そうだったんですか」

「でも、そのときは少ししか話せなかったから、今日こうしてお話できて嬉しいわ。おかげで、あなたが敵か味方か見極めることができるもの」

リリィがウェンディを観察するようにじっと見つめた。

「えっと……あの……」

ウェンディはたじろぐ。リリィの視線は決して脅迫的なものではなかったが、研究対象に向けるような無機質さを孕《はら》んでいて、別の恐ろしさがあった。

「彼女は味方だよ」

何も言えずに困り果てるウェンディを助けるように、はっきりとした口調でルビィが言った。

「ええ、私もそう思うわ」

リリィが微笑《ほほえ》み、場の緊張が霧散する。

リリィは立ち上がり、ルビィに手を差し伸べた。ルビィがその手を取る。

「それじゃあルビィ、そろそろ行きましょうか」

「うん」

「ウェンディさん、それとロイさんも、今日は会えてよかった。これからもルビィと仲良くしてあげてね」

「は、はい」

「もちろんです」

ウェンディと僕が答えると、リリィは穏やかな笑みを見せた。そして、手を繋いだ親子はゆっくりとした足取りで校舎の中へ入っていった。


二人が去った後、ウェンディは深く息を吐きながらベンチに背中を預けた。

「こ、怖かったぁ……」

ウェンディが聞いたことのない細い声で言った。極度の緊張から解放され、ぐったりとしている。しばらく彼女は動けなそうだから、僕もベンチに腰掛ける。

「たぶん気に入られましたね」

「私が？」

「はい。リリィさんはルビィのことを愛しているので、ルビィと仲のいい僕らは気に入られるんですよ」

「あー、たしかにあんたには最初から優しそうだったわね……。いつから知り合いなの？　リリィさんなんて呼んでやけに親しげだけど」

「知り合ったのはつい最近ですが、僕のことは前から知ってたみたいです。うちの母と幼馴染《おさなな じみ》らしくて」

「ふぅん？　でもなんか納得ね」

「納得というと？」

「言われてみれば研究者っぽい人だなと思って。あと、あんたのお母さんと幼馴染っていうのも、すごくわかる。二人とも雰囲気が似てるのよね」

「母を知ってるんですか？」

「そりゃあ知ってるわよ。よく新聞にも載ってるじゃない」

「ああ、そうでしたね」

この頃はエルサのメディア露出が増えていて、王立研究所のエースみたいな書かれ方をしている。新聞や雑誌に似顔絵が載っていることもあり、ウェンディはそれを見たのだろう。

「絵でしか見たことないけど、実際あんたのお母さんってあんな感じなの？」

ウェンディが興味津々といった様子で隣に座る僕を見た。僕からすると、メディアに書かれているほど冷たい印象はない。エルサは結構温かい――って僕は何を考えてるんだ。この前珍しく母親らしいところを見せられたからって、たちまち良き母になるわけじゃない。エルサはエルサだ。

「まあ、あんな感じですよ」

「へぇ、やっぱり美人なんだ。あんたも顔は悪くないものね」

雰囲気の話をしていると思ったが、いつの間にか容姿の話に変わっていたようだ。僕の顔が悪くないのは事実だから否定はしない。

「頭も悪くないでしょう？」

「悪いのはその生意気な性格」

「それは認めます」

「ふふ。認めちゃうんだ。でも、だからこそあんたと気が合うのかも。私も相当性格悪いから」

ウェンディが笑った。いつも難しい顔をしているけど、こんな顔もするんだなと新鮮に思った。

ヴァンがデュエルのトーナメントに参加していることを思い出し、僕とウェンディは観戦にいくことにした。トーナメントが行われているのは学園で一番大きな屋内運動場だ。二階にある観客席まで階段で上ると、喧騒《けんそう》に包まれる。想像以上に人が多い。学園という小さな箱の中で抑圧され、娯楽に飢えていた生徒たちが、強者たちの戦いに刺激を求めて押し寄せているのだろう。文明人としての自覚を持ってほしい。

席が三つ空いているところを見つけ、ウェンディを真ん中にして座る。すぐに一際大きな歓声が上がり、一階の運動場を見れば、ちょうどヴァンと対戦相手の女子生徒が競技用の特殊な服を着て出てきたところだった。

「これが決勝戦みたいね！」

周りの声にかき消されないようにウェンディが僕の耳元で言った。なるほど、だからこんなに盛り上がっているのか。いや、待て。一年生のくせにヴァンは決勝まで勝ち進んだのか。ここでヴァンが優勝してしまったら、来年以降も連覇することが確定してしまう。対戦相手の先輩には頑張ってもらいたいものだ。

観戦する生徒たちがいったん落ち着いてきて、審判を務める教師が声を張り上げ、ルールの説明を始めた。プレイヤーは殺傷性を抑えた特殊な杖《つえ》を使い、互いに魔法弾で攻撃し合う。魔法弾が相手に当たると、命中した部位によって1ポイントから4ポイントまでの得点が与えられ、先に4ポイントを獲得した者が勝ちとなる。胴体の中心に近い部分が4ポイント、外側が2ポイント、手脚は1ポイントだ。魔法弾の威力は、当たっても問題にはならない程度ではあるが、一応頭部への攻撃は無効となっている。

命中の判定は少し前までは審判が目視で行っていたらしいが、現在は、ヴァンたちが着ているあの特殊な服により、誰が見てもすぐわかるようになっている。あの服はナッシュ先生が開発した魔法具で、魔法弾が当たった部位の色が変化するのだ。懺悔《ざんげ》玉《だま》といい、あの服といい、ナッシュ先生は魔法と色の関係について研究しているのかもしれない。

「あの先輩って、強いんですか?」

僕は左隣のウェンディに尋ねた。

「アルトマンは去年の優勝者よ。しかも、まだ四年生」

つまりあの先輩は三年生の頃に上級生を相手取って優勝しているのか。これは期待できるかもしれない。

「どちらが勝つか、賭けましょう」

「はぁ？　何を賭けるのよ」

「そうですね……負けたらおすすめのお菓子を勝った人にプレゼントするというのは？」

「まあ、そのくらいならいいけど」

「決まりですね。どっちに賭けますか？」

「うーん、さすがにアルトマンかな。去年の精霊祭で圧倒的だったし、スペルビアの子がいくら強くてもあの子が一年に負けるとは思えないのよね」

「それだと僕がヴァンに賭けなきゃいけなくなるじゃないですか」

「いいじゃない。演劇団の仲間なんでしょ？」

「……わかりました」

不満ではあったが、附属校時代にヴァンの身体能力の高さを見せつけられてきた身としては、ヴァンの方こそ負ける姿が想像できない。悪い賭けじゃないはずだ。

教師の説明が終わると、ヴァンとアルトマンの二人は握手を交わし、十分に距離を取って向かい合った。

「位置について！」

二人は杖を構える。

「始めっ！」

教師が戦いの始まりを宣言すると同時にヴァンが地面を蹴った。それを読んでいたのか、開始直後にアルトマンは杖から魔法弾を連射していた。ヴァンは急いで横に跳んで避ける。出鼻を挫《くじ》かれ、ヴァンは接近をいったん諦めたようだった。

そのまま状況は膠着《こうちゃく》するかに思われたが、アルトマンは追い打ちをかけるようにヴァンに魔法弾を浴びせる。ヴァンは息をつく間もなく、逃げ回ることになった。

「あはは！　すばしっこーい」

アルトマンは無邪気な笑顔でヴァンを追い詰めている。対してヴァンは避けるのに必死で真剣な表情だ。

「これならどうかなっ！」

アルトマンが連射の速度を上げた。すでにギリギリで避けていたヴァンは、対応することができない。そしてついに魔法弾が足に当たり、その部分がピンク色に変わる。

「アルトマン選手に1ポイント！」

審判が手を上げた。試合が動き、観客たちも盛り上がりを見せる。そして立て続けに左腕に魔法弾が命中し、アルトマンに2ポイント目が入ったことを審判が報《しら》せる。

「ちょっとー！　もっと頑張ってよー」

アルトマンが落胆した様子を見せる。このままでは時間の問題――なんてことはない。ヴァンがその程度のやつだったら、附属校の運動会でそう何度も僕が負けることにはならなかった。彼の真骨頂は最適化だ。戦いの最中《さなか》で常に体の動かし方を調節し、無駄のない動きで魔法弾を避けることができるように自らの動きを最適化していく。もう彼の表情には焦りは見えない。

余裕が生まれ、ヴァンは魔法弾を躱《かわ》しながら、この試合で初めて魔法弾を放った。魔法弾はアルトマンの横を通り過ぎたが、彼女の顔から笑みが消える。

それからヴァンの反撃が始まったが、二人の杖魔法の練度には圧倒的な差があり、このまま続けてもヴァンの魔法弾がアルトマンを捉えることはなさそうだった。ヴァンもこのままでは埒《らち》が明かないと思ったのか、魔法弾の雨の中に強引に突っ込んでいく。接近戦に持ち込むつもりだ。

ヴァンは徐々にアルトマンに近づいていく。十分に近づいたところでヴァンは魔法弾を放つ。何発目かがアルトマンの足を掠《かす》めた。当たった箇所が水色に変化し、審判が1ポイントをヴァンに与えた。

足に命中したことで動揺したのか、試合開始から続いていたアルトマンの攻撃が途切れた。その隙をついてヴァンはアルトマンに急接近する。絶対に外さない至近距離まで迫り、ヴァンはアルトマンの胸目掛けて杖を突きつけた。当たれば4ポイントを一挙に獲得し、ヴァンの逆転勝ちとなる。

ヴァンの杖から魔法弾が放たれた。それは真《ま》っ直《す》ぐアルトマンの胸に当たった――と思った瞬間、彼女は斜め前方に素早く踏み込んだ。魔法弾は胸を外れ、アルトマンの肩付近が水色に染まる。そして彼女は、踏み込んだ勢いそのままに、ヴァンの顔めがけて殴りかかった。ヴァンはその予想外の攻撃を咄嗟《とっさ》にバク転で躱し——しかし、続けて飛んできた魔法弾を腹部にもろに受け、膝をついた。

観戦する生徒のほとんどは何が起こったのか見えていないようで、シーンと静まり返る。

『4対3でアルトマン選手の勝利！』

審判のその言葉で状況を理解した観客たちが一番の盛り上がりを見せた。

「え、どうなったの？」

ウェンディが僕に説明を求める。歓声で声がかき消されないように、僕はウェンディの耳元に顔を近づけた。

「心臓を狙ったヴァンの攻撃をあえて肩で受けて、カウンターで勝利って感じですかね」

「わざと受けた？」

「胸に当たらなければ逆転はされないので。完全に避けずに攻撃に転じた方が勝てると思ったんでしょうね」

「あの一瞬でそんなことやれるんだ……」

ウェンディは感心しているのか引いているのか、複雑な表情で運動場の中央に視線を戻した。

ヴァンとアルトマンが試合後の握手を交わしている。

「優勝おめでとうございます。まさか身体強化もあれほど使いこなせるとは……」

ヴァンが悔しさを滲《にじ》ませつつ、アルトマンの勝利を称《たた》えた。

「ぷぷっ！　この私が杖だけしか使えないわけないじゃーん！　それくらい調べときなさいよね！」

「……勉強不足でした。来年は負けません」

「うんうん、君には見込みがある。きっと強くなれるよ。私の次くらいにね！　あーはっはっは！」

アルトマンはヴァンの肩をポンポンと叩《たた》くと、高笑いをしながらさっさと運動場を去っていった。

「なんて大人げないの……」

その傍若無人な振る舞いを見て、ウェンディは呆れたように呟《つぶや》いた。


そろそろ演劇の準備を始める頃合いとなった。せっかくだから講堂へはヴァンといっしょに向かうことにする。ウェンディにそのことを伝えると、彼女は寮に戻ることに決めたようだ。

一階まで下り、屋内運動場の入口でウェンディを見送る。

「賭けのこと忘れないでよね」

別れ際にウェンディが言った。

「わかってます。お菓子選びには自信がありますから、期待していてください」

「それは楽しみね」

ウェンディが楽しそうに目を細めた。今朝、談話室に沈んだ顔で入ってきたときよりも顔色が良くなったように見える。

「気が向いたら演劇も見にいくわ」

「僕は出ませんよ」

「普通に興味あるから。それじゃ」

ウェンディは僕に小さく手を振った。僕は彼女の背が遠くなるまで見送った。ヴァンと合流しようと思い、体を翻すと、腕を組んで壁に寄り掛かっているヴァンと目が合った。

「いつからいたんだよ」

「ロイが名残惜しそうに見送るところから。あの人と仲いいのか？」

名残り惜しそうだって？　僕が？　なんとなく離れがたいなあとは感じていたけど。ああ、それが名残惜しいということなのか。

「学園祭をいっしょに回る程度には仲がいいかもな」

「へぇ」

ヴァンが意味深に相槌《あいづち》を打った。

「なんだよ」

「いや、意外な組み合わせだと思って」

「それは否定しない。――もう行けるのか？」

「ああ、行こう」

僕とヴァンは講堂へ向かって歩き始める。

「ルビィ・リビィもいっしょに回ってたんだろ？」

「なんで知ってるんだよ。僕のストーカーなのか？」

「ロイたちが目立ってたからだろ。噂になってたぞ」

「ふぅん」

「なあ、ロイ。あの二人はさ……大丈夫なのか？」

ヴァンが曖昧な聞き方をした。

「何が？」

「あの人ってリアムの姉だろ？」

「だからなんだよ」

ヴァンの発言が、リアムにいじめられていたルビィを心配してのものだということはわかっていた。今日一日、その類の視線にずっとさらされてきたし、僕だって外野だったら同じことを思っていたに違いない。でも、いざこうして聞かれるとむっとした。関係の始まりは歪《いびつ》だったとしても、二人は歩み寄ろうとしている。

「だからなんだって……。まあ、大丈夫ならいいけどさ」

僕の苛《いら》つきに気づいたのか、ヴァンはこれ以上踏み込むのをやめたようだった。さすがに感じが悪かっただろうか。僕は息を吐いて気持ちを落ち着かせた。

「僕はリアムのことは知らないが、ウェンディさんのことは多少知っている。彼女の人格は僕が保証しよう」

「……そっか。それならいいんだけど。……変に疑って悪かった」

「べつに構わない。疑いたくなる組み合わせなのは間違いないからな」

「でも、ロイがそういうこと言うのって珍しいよな」

「そういうこと？」

「いや、ロイって人を庇《かば》うようなことあんまり言わないだろ？　行動で示すことはあっても」

そうだろうか？　そうかもしれない。学園祭をいっしょに回ったからだろうか。自分で思うよりずっと、彼らとの距離は縮まったのかもしれない。

「まあ……『はずれ者クラブ』だからな」

「なんだよそれ」

ヴァンが怪訝《けげん》な顔をしたが、僕は答えずにくすりと笑った。

「そういえばヴァン、さっき負けてたな」

「……やっぱり見てたのか」

「まったく。せっかく貴様に賭けてやったのに。役立たずめ」

「なっ！　俺で賭けなんてしてたのか!?」

「ああ。ヴァンが勝てば人気店のスイーツをもらえるはずだったんだ」

「それはまあ……悪かったけどさ。でも一年生で決勝まで行けただけでもすごいんだからな！　上級生相手に四回も勝ってるんだぞ？」

「そうなのか？　おかしいな。僕は君が負けるところしか見ていないが」

「それは決勝しか見てないからだろっ！」

「まあ、いい戦いだったよ。来年はもちろん優勝するんだろ？」

「もちろんだ！　来年はロイも出ろよ。その方がもっと盛り上がるぞ」

「遠慮しておく。僕には向いてないし」

「そんなことないだろ」

「もちろん、実戦ならあのアルトマンともやり合える自信はある。だが、ルールが決まっているデュエルではどうしてもやれることが限られるからな。僕みたいに騙《だま》し討《う》ちで戦うようなタイプには向いてないんだよ」

「それを言ったら俺だって、剣を使えたらアルトマン先輩にもロイにも負けない自信はあるさ」

剣で本気で殺しにくるヴァンを想像する。……恐ろしいな。附属校三年生の頃に魔物を一刀両断したヴァンの姿が今でも目に焼き付いている。今ではどれほどの腕になったのだろうか。純粋な戦闘能力ではもう絶対に勝てないだろう。もし本気で戦うことになったときは、そうだな……まず戦う前から有利な状況に持っていこう。搦《から》め手《て》では負けない。腕一本は失う覚悟で、万の策を弄して倒してやろう。

「いや、たぶん僕の方が強いな。僕は頭がいいからな」

「やってみないとわからないだろ！　とりあえず来年はトーナメントで勝負だからな！」

「だから出ないって。そもそも、来年のこの時期に僕がまだ学園にいるかどうか」

「は？　どういうことだよ」

「べつに。とにかく出ないってことだ。そんなことより、劇のセリフは大丈夫か？　負けたショックで全部飛んでたりしないよな」

僕は話を変えた。ヴァンは訝《いぶか》しむように目を細めるも、すぐにセリフのことが不安になったのか、視線を宙にさまよわせた。

「……まあ、大丈夫だよ」

ヴァンが自信なさげに答えた。

「くくっ。ヴァンが悪の手下役なんてな」

もともと精霊祭ではヴァンが主人公の名探偵役をやる予定だったが、エリィの作る服のモデルとして今や学園のファッションリーダーとなったエベレストに主人公役を任せた方が宣伝効果がありそうだと判断し、ヴァンと交代することとなった。そしてヴァンはエベレストが演じるはずだった、悪の手下役をやることになったのである。

「はぁ……。アルトチェッロが女子に人気だってのはわかるけど、なにも交代までしなくたって……」

ヴァンがため息をついた。悪の手下役が相当嫌みたいだ。

「ヴァン。今まで黙っていたが実はな……君が主人公役を降ろされたのは、他にも理由がある」

「え？」

「君は演技があまり上手《うま》くないんだ」

「え？」

ヴァンが口を閉じることも忘れて僕をぽかんと見つめる。

「対して、エベレストの演技力はどうだ？　驚くほど上手だろう？」

「ちょっとはうまいと思うけど……」

「すごくうまいんだよ」

「……そんなに違うのか？」

僕は黙って頷いた。ヴァンはショックで何を言ったらいいのかわからないみたいだった。本番前に言うことではなかったかもしれない。

その後、エベレストと比較すると上手くないけど下手ではないのだと何度も言い聞かせ、講堂へ着く頃になってようやくヴァンの精神は回復したようだった。

講堂では有志の個人やグループがあらかじめ決められた順番でパフォーマンスを行うことになっている。僕とヴァンは、さっき広場で見た人形劇のクラブがちょうど順番を終えた頃に講堂に到着

した。先に来ていたペルシャとマッシュと合流する。エベレストとエリィはまだ来ていないらしい。今はちょうど最後のファッションショーが終わった頃だろうか。

「ちょうどいい時間に着いたな。討論会の方はどうだったんだ？　ペルシャ」

「有意義な時間でした。それなりの論客もいましたし」

「それはよかった」

ペルシャと討論なんて、考えるだけで恐ろしい。こてんぱんに言い負かされそうだ。

「僕が見にいったときは、ペルシャの相手の人泣いてたよ」

マッシュが言った。ペルシャは素知らぬ顔だ。彼と喧嘩するときは口ではなく手を使うことにしよう。

「そういえば、トーナメントの優勝はアルトマンだそうで」

ペルシャが横目でヴァンを見やる。

「……アヴェイラム派の連中は揃《そろ》いも揃ってひねくれたやつばかりだ。準優勝おめでとうと素直に言えばいいじゃないか」

「はて。私はただ優勝者の名を挙げただけですが」

「俺が決勝で負けたのを知ってて言ったんだろ」

「ほう、決勝の相手はあなたでしたか。初耳ですね」

「はっ。しらじらしい」

ヴァンがペルシャをじとっと睨《にら》む。まったく、この二人はいつまで経《た》っても仲良くならないな。

「僕そろそろ行くねー」

ペルシャとヴァンが軽口を言い合うのを気にも留めず、マッシュが言った。彼は僕たちに手を振ると、軽やかな足取りで舞台の方へ向かった。

「そうか、僕らの劇の前はマッシュの演奏だったな」

「はい。そろそろ私たちも準備に行きますか。残りの三人もいらしたようですから」

振り向くと、ペルシャの言う通り、エベレスト、エリィ、オリヴィアの三人がこちらへ歩いてくるのが見えた。


マッシュのピアノの演奏を聞きながら、僕ら『境界の演劇団』とオリヴィアは舞台袖で準備を開始した。オリヴィアはメンバーではないが、今回は助《すけ》っ人《と》として出演してもらうことになっている。彼女が演じるのは、名探偵の相棒。つまり、エベレストのパートナーだ。もとはエリィがやる予定だったが、エリィは衣装制作に本気を出したいからと、代わりにオリヴィアを連れてきたのである。

マッシュの演奏が終わると幕が閉じられ、実行委員の生徒たちがピアノや大道具を運び始める。僕は魔信《ましん》とスタンドを舞台上に運び、組み立てた。ちょうど僕の口の高さくらいに魔信《ましん》がくるようになっている。受信機の方は昨日設置しておいたから、あとは魔信《ましん》を起動するだけだ。

舞台袖を見ると、演者たちも準備が完了したようで、ペルシャが手で合図を送ってくる。僕は彼に向かって頷いてから、魔信《ましん》を起動させた。ジジジと受信機からノイズが鳴り、接続が完了したことを確認する。その音で講堂の生徒たちは舞台上の僕に注目した。

「みなさま。臨席を賜り、まことにありがとうございます。『境界の演劇団』団長、ロイ・アヴェイラムです。本日お楽しみいただくのは、『シェリル・ホームズと仮面の怪人』。名探偵シェリル・ホームズが、街を恐怖に陥れる仮面の怪人に、勇敢に立ち向かう物語。どうぞ、心ゆくまでお楽しみください」

僕は恭しく礼をし、舞台袖にはける。それと同時に幕が開き、エベレストの声が一瞬にして観客の注意を引き付けた。

「ああ、やだやだ。また平凡な水曜日を過ごしてしまった。ねえジェーン、何か面白い事件は起こっていないの？」

気だるそうなエベレストの声が講堂に響く。魔信《ましん》が声をしっかり拾っているようで安心だ。

「もう、シェリルったら。事件などない方が良いではありませんか」

オリヴィアが呆れたように肩をすくめた。

「はぁ……。つまらない女」

「つまらなくて結構です」

「そうだわ。あなたが事件を起こしてきなさいよ。そうすれば私は退屈に殺されなくて済むし、あなたは面白い女の称号を得られるわ。素敵なアイデアだと思わない？」

いい滑り出しだ。エベレストが舞台映えするのはわかっていたが、練習のときよりも目を引く。彼女は目立つことが好きだから、観客が大勢いるといっそう表現が豊かになるのかもしれない。そして発音のはっきりとした、よく通る声。絶妙な間の取り方。幼い頃より、僕らの世代の女王として君臨し続けてきた自信が演技に表れているようだった。

物語は仮面の怪人が最初の事件を起こしたことで動きだす。ペルシャ演じる仮面の怪人はなかなか尻尾を見せない。名探偵シェリルは怪人を宿敵と定め、勇敢に立ち向かう。強力な手下を従える怪人と幾度もの死闘を繰り広げ、最後はその優れた頭脳で怪人を追い詰め、三角橋にて決着するのである。

「もうお前に逃げ場はないわ」

杖を構えたエベレストが淡々とした口調で言う。仮面の怪人を演じるペルシャが橋の欄干を模した台の上に立って、エベレストを睨みつけている。

「あり得ない。魔人であるこの俺が人間ごときに負けるのか……？」

「シェリル・ホームズに負けるのよ」

「俺の野望が……」

「あなたの野望は叶《かな》わない。もうお別れよ。さようなら」

エベレストの杖から光が飛んでいき、ペルシャに当たった。ペルシャは胸を押さえ、よろける。

「ぐっ……貴様さえいなければ……」

ペルシャは倒れるように、欄干の向こう側へ落ちて消えた。エベレストは懐に杖をしまい、息をつく。

「世間知らずなこと。この街に私がいるなんて世界の常識よ」

エベレストのもとにオリヴィアが走り寄る。

「やりましたね、シェリル！　これでようやく街に平和が戻ってきます！」

「そうね……」

「ど、どうしたんですか？　あまり嬉しそうではありませんけど」

「それはそうよ」

「え？　事件が解決したんですよ？」

「だって……退屈な水曜日がまたやってきてしまうわ」

エベレストが心底残念そうに文句を言った。

「まったく、あなたという人は」

オリヴィアが呆れてため息をつき、舞台の幕が閉じた。


劇が終わり、歓声が講堂に響いた。席に座っていた生徒たちも、立ち上がって拍手をしている。

彼らの称賛に応えるため、出演者たちは客席に手を振りながら幕の前に出る。裏方の僕とエリィ、ピアノ担当のマッシュも舞台に上がる。主役のエベレストと敵役のペルシャを中心に横並びになり、みんなで手を繋いでお辞儀をすると、もう一度大きな拍手が鳴り響いた。

「楽しんでいただけたようでなによりですわ。それではみなさん、またどこかでお会いしましょう」

エベレストが彼女らしい挨拶で締めくくり、僕らは歓声に包まれながら舞台袖にはけていく。

全員が舞台から下がると、女子三人が手を取り合い、興奮冷めやらぬ様子できゃあきゃあと声を上げている。

「お疲れ」

僕はペルシャに近寄り、肩を軽く小突いた。

『……ロイ様』

ペルシャが僕の方を向いて言った。彼にしては動きが緩慢だ。

「拍手に圧倒されたのか？」

「……そうかもしれません」

大勢から称賛を浴びるときはいつも、そのエネルギーの大きさに圧倒される。一人一人の感情が集まり、津波のように押し寄せてくるのだ。ペルシャはいつも進んで裏方に回るから、意外とこんなふうに生の感情をぶつけられることは少ないのだろう。

「いい悪役だった」

そう言うと、ペルシャはふっと表情を緩めた。

「ありがとうございます」

僕はペルシャに頷きを返した。

と、そのとき客席の方からどよめきが聞こえてきた。そちらを向くと、二人の生徒が舞台に立っているのが見えた。リアムとデズモンドだった。ざわめきがだんだん大きくなっていく。講堂の生徒たちの多くが二人のことを認識したらしかった。

なぜ二人がいるのだろう。彼らは謹慎中だったはずだ。

殺人を犯したとされる二人が今度は何をしでかすのか。舞台袖から見える生徒たちの顔には怯《おび》えがあったが、それだけではないようだ。これから、また何か刺激的なことが始まるのではないかと、期待の色も浮かんでいた。

「人殺し！」

誰かが叫んだ。それを皮切りに、リアムたちを罵倒する言葉が次々と投げられる。

「聞いてくれっ！　俺たちはやってないんだ！」

魔信《ましん》がリアムの声を拾い、増幅された音声が生徒たちの声をかき消した。

「本当なんだ。本当に俺たちじゃない！　ルビィ・リビィをいじめたことは認めるさ！　俺がそういうやつなのは認めるよ！　でもひ、人を殺すなんて、俺がそんなのするわけないだろ？　なぁ、普通に考えろって。そんなこと、普通の人間はしねぇだろうが！」

リアムの声には余裕がなかった。舞台の袖から見ている僕には、彼が精一杯強がっているとわかった。口が引きつっていて、うまく笑えないみたいな顔をしている。

「嘘《うそ》つけ！　お前ら以外にいないんだよ！」

「言い逃れしようったってそうはいかないわ！」

舞台の下から怒声が飛んでくる。リアムが苛立《いらだ》たしげにダンッと床を踏みつけた。舞台袖にいる僕のところまで振動が伝わってくる。

ふと、違和感を覚える。リアムがこれほど感情をあらわにしているのに、隣のデズモンドは異様に大人しい。彼の横顔を注視すると、表情が少しも動いていないことに気づく。あの感じ、最近どこかで見た覚えがある。どこだったか……。

「嘘じゃない！　あいつらは勝手に死んだんだ！　いきなりナイフを振り下ろして……うっ」

リアムは手で口を押さえた。

「そんなわけないだろ」

「もっとマシな言い訳しろー！」

「同情でも引きたいわけ？」

リアムは舞台に膝をついた。彼の言い分は信じられるものではなかったが、気分が悪いのは本当みたいだった。彼の目には涙が浮かんでいる。

「ねえ、あれ……」

異変に気づいたのは、デズモンドの正面の女子生徒だった。彼女はデズモンドの足元を指差した。

見ると、そこには赤黒い液体が溜《た》まっていた。デズモンドの左足を伝って床に液体がこぼれ落ちているのだ。彼女の近くの何人かもそれに気づき始める。

「な、なんだよ。……うん？　デズ？　おい、デズ。どうし――」

デズモンドがリアムの方を向く。その顔は気味の悪い笑みを浮かべていた。デズモンドはゆっくりと床に仰向《あおむ》けになった。赤黒い液体で背中が汚れることも厭《いと》わないようだった。

「ルビィ、どこにいるんだぁ？　早く来てくれぇ！」

デズモンドは床で手足をバタバタと動かした。

この状況には既視感があった。これはルビィの父親の真似《まね》だ。これが原因でジェラールとの喧嘩になったのだ。

「お、おい。今はやめとけって……」

リアムが制止の声をかけるが、デズモンドは止まらない。

「手足がないから動けないんだぁ！　早く来てくれぇ！」

裏返った声が講堂に響いた。おかしな声なのに、笑う者は一人もいない。

デズモンドは突然ピタリと動きを止め、上体を起こした。床にあった液体は中途半端に拭かれていて、デズモンドの制服の背中はべったりと濡《ぬ》れている。彼は何かを探すように制服の中に手を差し込んだ。取り出したのはナイフだった。その先端から何かが滴り、床に落ちた。

デズモンドは立ち上がった。ナイフを持った右手がガタガタと震えている。放心していたリアムが何かを察したように、急いで立ち上がり、デズモンドの右手に手を伸ばした。

「やめろ！」

リアムがデズモンドのナイフを持つ方の腕を摑《つか》んだ。その直後、腕が勢いよく振り上がり、握りしめていたナイフがデズモンドの目に突き刺さった。人形の糸が切れたように膝がカクンと折れ、デズモンドは前に倒れ、舞台から落ちた。

講堂は一瞬のうちに阿鼻《あび》叫喚《きょうかん》となった。舞台から離れようとする者、講堂から出ていく者。残った者も「人殺しだ」などとリアムを非難しながら、舞台に近寄ろうとしない。その中で一人だけ舞台に駆けつける者がいた。

「リアム！」

ウェンディだった。彼女がリアムの姉であることを思い出す。ウェンディは舞台に上がり、呆然《ぼうぜん》と舞台で立ち尽くすリアムの肩を抱いた。

「同じだ……この前と……。俺じゃない。俺がやったんじゃ……」

リアムの目は舞台の下に落ちたデズモンドに向いていた。リアムがデズモンドの手を摑んで目にナイフを突き刺したように見えたが、同時にどこか腑《ふ》に落ちない、不可解さも感じている。デズモンドの足元に溜まっていた液体は血だった。リアムが無実を訴えているとき、ナイフはすでにデズモンドに刺さっていたのだ。でも、もしそうだとすると、デズモンドは制服の内側からナイフを取り出したのではなく、胴体に刺さっていたナイフを引き抜いたことになる。

僕はなんとなく直感に従って、目に魔力を込め、床に転がるデズモンドを見た。彼の目の上のあたりが微《かす》かに発光していた。そして、そこから細い光の糸が講堂の壁に向かって伸びている。あれは……。

「リアム・ドルトンから離れるのです！」

講堂に慌ただしく入ってきた男性教師——ナッシュ先生が杖を構えながら叫んだ。

「離れたら撃つんでしょ？」

ウェンディはナッシュ先生を睨みつけた。彼女に離れるつもりはないらしい。

「いいえ。拘束するだけです」

「嫌です。だって、こんな状況で、私が離したらもう……」

「……離せよ」

リアムが低い声で言った。

「え？——きゃっ」

ウェンディが困惑の声を上げたと同時に、リアムが両手で彼女を突き飛ばした。次の瞬間、ナッシュ先生の杖から水魔法が射出され、リアムの胴体に直撃した。リアムは舞台を転がり、鳩尾《みぞおち》のあたりを押さえて苦しそうに体を折り曲げた。

「リアムっ！」

ウェンディが起き上がって駆け寄ろうとするが、その前にナッシュ先生がリアムのもとにたどり着いた。それでもリアムのもとに行こうとするウェンディの腕を僕は摑む。ウェンディが僕の方を振り向いた。

「あんた……」

「今は先生に任せた方がいいと思います」

リアムが犯人ではないと、僕は半ば確信している。でも、状況だけ見たらリアムは同級生を三人殺した殺人鬼だ。ただでさえ、身内という危うい立場だ。これ以上庇う姿を晒《さら》して周りに悪い印象を持たせるのは得策ではない。

僕の意図が伝わったのかはわからないが、ウェンディは体の力を抜き、項垂《うなだ》れた。

家族とは関係が良くないと言っていたのに、それでも弟を庇うだなんて。しかも、こんな問題だらけの弟を。何が彼女をそうさせるのか、僕には不思議でたまらなかった。

第八章

OLD ENOUGH TO LEARN MAGIC!

デズモンドの死によって学園祭は唐突に終わりを告げた。寮生はそれぞれの寮に戻り、僕のような通学組の生徒や、参加していた親たちは学園から閉め出されるように家に帰ることとなった。

そんなことがあったにもかかわらず、学園では次の日から通常通りに授業が行われた。どの教師も事件の詳しい話を語ろうとしない。噂《うわさ》では、リアムが何者かに連行されていったとか。こういう事件は巡察隊の出番だが、実際にリアムが連れていかれるところを見たという生徒の話では、どうも着ている服や雰囲気が巡察隊のものではなかったらしい。

ウェンディは実家に連れ戻され、事件以降は欠席しているという。リアムがあれだけのことを起こした後だから、今は学園にいない方がいい。

ガゼボで起きた事件の方は誰も目撃者がいなかったが、今回はリアムがデズモンドをナイフで刺す場面を多くの生徒が目撃している。もはや、リアムが三人を殺害したことを疑う者はいない。僕を除いては。

気になることがあって、学園からの帰りに僕はラズダ書房に寄ることにした。学園の図書館でも探してはみたが、手がかりになりそうな本は見つからなかった。学園の図書館にないものがこの店で見つかるかは怪しいが、意外とニッチな本が置いてあったりするのだ。

「やあ、店主」

カウンターで目を閉じて座っている店主に声をかける。その姿はどこか寂しげだ。もう長い付き合いになるが、未《いま》だ謎の多い男である。

「——ロイか」

店主が言った。メガネのレンズの向こうにある眼球が動き、僕を捉えた。

「暇そうだな」

「余計なお世話だ」

今日は客がいない。これで商売をやっていけるのが不思議だ。僕が附属校の三年生の頃に一度店を閉めている。夏休みにアヴェイラムの本邸からこちらへ戻ってきたときに、店の看板が外されていたのを見て寂しく思ったのを憶《おぼ》えている。魔物被害が増え始め、アルクム通りの店が次々と閉店に追い込まれていた時期だ。クインタスが街に出没し始めたのもその頃で、通りは今よりも閑散としていた。

そういえば、僕とクインタスの最初の出会いもあの夏だった。本邸へ向かう途中、父と兄の乗る馬車が襲撃された。幸い、父がクインタスに致命傷を負わせ、追い払うことができたが、もし最初に僕の乗る馬車が襲われていたらどうなっていたかわからない。

「今日も新聞か？」

カウンターに積んである新聞に目をやり、各紙のヘッドラインを見る。『アヴェイラム派、高まる開戦の声』、『王立学園でまたも殺人』、『魔人の原罪』……。

「『ストリートジャーナル』と『ファサード』を一部ずつもらおう。それと、今日は本も買おうと

思っている」

「題名さえわかれば俺が取ってこよう」

「特定の本を探しているわけじゃないんだ。まあでも、そうだな……魔法が人体——特に人格に及ぼす影響について書かれた本なんか、あったりしないか？」

レンズの奥の目が閉じられる。記憶を呼び起こしているのだろうか。

「悪いが置いてないな。どうしてそんなものを探しているんだ？」

「学園で生徒が立て続けに死んでいることは知っているか？」

「ああ。有名貴族の子が犯人だとか」

「そういうことになっている。でも腑《ふ》に落ちないことがあるんだ」

「また探偵ごっこか。余計なことには首を突っ込まない方がいいと思うがな」

店主からすると僕は危険に首を突っ込んでばかりいる印象なのか。だが、巡察隊の捜査に協力している身としては、探偵ごっこというのも否定はできない。

「気をつけるよ」

「……それで？　ロイが探している本と学園の事件との関係が見えてこないが」

魔力を込めた目で見たらデズモンドの目の上のあたりが光っているのが見えたから。そう言えればいいけど、僕以外の人からしたら意味がわからないだろう。どう説明しよう。

「人形に異常なほど執着を抱く同級生がいるんだが、僕は彼が事件に関わっていると踏んでいる。

最初の二人の犠牲者について、犯人と思われている生徒はこう証言しているんだ。『操り人形』みたいだった、と。最後の事件のときは僕もその場にいたんだけど、死んだ生徒の様子はたしかに変だった」

店主は腕を組んで何やら考え込んでいる。

少し話し過ぎただろうか。箝口令《かんこうれい》が敷かれているわけではないけど、無暗《むやみ》に学園の外部の人間に言いふらして良いものでもない。

「――死んだ三人が洗脳でもされて自殺したと言いたいのか？」

「端的に言えばそういうことだ」

「何か決定的な情報を伏せているな？」

「なぜそう思う？」

「洗脳を魔法と結びつける根拠がないからだ」

「――それもそうだな。ああ、たしかに他にも根拠はあるが、その情報は言えない」

店主が目を細めた。自分でも胡散臭《うさんくさ》いとは思うけど、店主の目つきが鋭く、落ち着かない。

「それはあの人の……」

店主が途中で言葉を切った。

「あの人？」

「いや、なんでもない。――そうだな……ロイがまさに望む本は置いてないが、関係のありそうなものはある。少し待っていろ」

店主はカウンターの奥から続く部屋に入っていった。

すぐに戻ってきた店主は、一冊の本をカウンターに置いた。表紙に『悪魔の実験』と書かれてある。物々しいタイトルだ。

「いくら?」

僕が尋ねると、店主は首を横に振り、「貸してやる」と言った。好意はありがたく受け取ろうと思う。

「読み終わったらまた来るよ」

僕は本を脇に抱え、店を出た。


店主に借りた『悪魔の実験』という本には、過去に我が国や大陸で行われたとされる、非人道的な実験についてまとめられてあった。店主には悪いが信憑性《しんぴょうせい》はかなり乏しいと思う。都市伝説を集めたオカルト雑誌のような印象だ。

まあ、せっかく薦められたことだし、とりあえず最後まで斜め読みをしていく。趣味の悪い本だが、娯楽としては好きな人は好きなんじゃないだろうか。

――脳の損傷箇所による身体的および精神的な障害の特定。

残りのページ数からして、これが最後の章だろう。大陸のとある国で行われていた、犯罪者を使った人体実験の話のようだ。ここまで読んできてこのパターンは何度も見た。被検体は、ほとんどの章で犯罪者か捕虜のどちらかだった。こういう設定だと読者が想像しやすいのだろう、と僕は導入の部分を読み飛ばす。

内容は章のタイトル通り、破壊する脳の箇所によって発生する障害がどう変わるかを調べていくというものだった。

視野欠損、半身不随、意識障害、記憶障害、性格の変容……。どれもあり得そうな症状ばかりだった。前世の知識と比較しても荒唐無稽な症状はなく、実験が真実味を帯びてくる。

ん？　これは……。

前頭葉の一部を破壊した被検体の内、数人に魔法の能力に関わる異常が確認された、とある。この実験は、魔法は脳と密接に関係していることを示唆している。店主はこのことを僕に知らせたかったのだ。

こんなオカルト本が情報源では信じるに値するかは甚だ怪しいが、エルサに貸してもらった交換日記の実験――魔力で人を洗脳する実験と照らし合わせれば、オカルトで片付けられない何かがありそうだった。

本を閉じて表紙を見る。

――『悪魔の実験』。

悪魔か……。容認はできないが、一《いち》研究者として好奇心が勝ってしまうのが想像できてしまう。

研究者とは悪魔に最も近い人種なのかもしれない。

ふと、エルサの顔が思い浮かんだ。が、頭を振ってすぐに嫌な考えを振り払う。あの人はいろいろと変なところはあるけど、嫌な人じゃない。少なくとも今は、もう嫌いじゃない。悪魔というのはクインタスのようなやつのことを言う。

あっ、と声が漏れる。

クインタスの妹だ。リアムが感情的になっている横で、なんの感情も顔に出さずに直立していたデズモンドに僕は既視感を覚えたのだ。あのときのデズモンドの姿が、精神病院で見たクインタスの妹と重なった。精神だけがどこか別のところへ行ってしまっているような、あの虚《うつ》ろな表情……。

もう一度精神病院に、クインタスの妹に会いにいこう。デズモンドの目の上に見えた光と同じものが彼女にもあるのか、確かめなければならない。


学園が休みの日、僕はアヴェイラム家のタウンハウスをこっそり抜け出し、一人で駅へと向かった。精神病院に行くためだ。身体強化をして走っていけばそれほど時間もかからないが、日中に結構な速さで走っていたらさぞ目立つだろうということで、公共交通機関を利用することにしたのだ。

駅で切符を購入し、待合室のベンチに座る。貴族の子供が駅に一人でいると怪しまれるから、今日は平民の格好をしている。ハンチング帽を目深に被《かぶ》って待っていると、どこからか人々が集まり、集団を形成し始めた。

「世界は魔人に操られている！　魔人は人類の敵だ！　やられる前にやれ！　今こそ開戦のとき！」

「王国民よ、目を覚ませ！　我々はすでに魔人の攻撃を受けている！　魔物をけしかけ、王都を破壊しているのは誰だ！　我が国にクインタスを送り込み、政治家や研究者を皆殺しにしようとしているのは誰だ！」

反魔運動の集団のようだ。僕の『境界の演劇団』も、ここまで過激な思想ではないが、反魔主義の学生サークルのひとつである。学園祭で僕らがやった劇は名探偵が仮面の怪人を倒すという内容だったが、あれも魔人打倒を仄《ほの》めかしているのだ。

馬車が到着し、僕は席を立った。御者台に乗っていた男がひょいと飛び降りて乗車口の扉を開けると、人々が乗り込んでいく。例の集団の一人が並んでいる僕らに近づいてきて、手に持っている本を掲げた。

「この『魔人の原罪』には、やつらの危険な思想が記されています。あなたたちは知らなければならない。真実から目を背けてはなりませんよ」

僕の前に並んでいる人が列から抜け出し、本を持つ男に近づいた。興味を持ったようだった。それからまた何人か列から出ていく。

人が減ったおかげで、すぐに僕の乗り込む番になった。馬車の中は、壁に沿ってぐるりと一周、席が設《しつら》えられてあり、もうほとんど満員だった。僕の前に乗ったハンチング帽を被った少年がなんとか座れている状態で、これ以上は入れそうにない。次の馬車が来るのを待とうか。

「はーい。この子で最後ですので、乗れなかった方は次の馬車までお待ちくださーい」

諦めて馬車から離れようとした僕の背中を駅員が押した。乗車口のすぐ近くの角に無理やり詰め込まれる。隣の少年がため息をつく。

「もっとそっちに詰められないの？」

僕と同じような格好をしていたから、てっきり少年だと思っていたけど、声からすると女のようだった。誰かの声に似ている気がしたが、平民用の乗合馬車に乗るような知り合いはいない。

「ねえ、聞いてるわけ？」

女はさきほどよりも強く僕の体を押した。僕は視線だけ動かして彼女の膝のあたりを見た。両足がぴたっと閉じられていて、たしかに窮屈そうだ。でも狭いのは僕のせいじゃない。僕だって次の馬車に乗るつもりだったさ。

「ちょっと！」

「――もう少し丁寧に頼んではどうですか？」

女の言葉遣いは初対面の相手にするものではないし、ましてや、人にものを頼む態度では決してなかった。

「子供のくせに。年長者に対する口の利き方がなってないと思わない？」

「静かにしてくれませんか？　ただでさえ狭いというのに、これ以上不快な思いはしたくない」

口には出さないが、平民たちに囲まれているのも良い気分ではない。

「ふ、ふうん。そうくるのね。度胸は認めるけど、私が誰だか知ったら腰を抜かすに決まってるんだから」

「腰を抜かしたくないので言わなくていいですよ」

「ふ、ふふ。生意気な弟に耐え続けてきたさすがの私でも、そろそろ限界に近いわ」

「へぇ、限界を超えるとどうなる――」

「なあ、静かにしてくれ。こっちは昨日飲み過ぎたせいで頭が痛ぇんだ」

僕の目の前に座る坊主頭の男が、頭を手で押さえながら言った。強面《こわもて》な上に二日酔いのせいか、かなり人相が悪い。

「ふん、悪かったわね。謝るわ」

女が男に向かって渋々謝罪する。よく言ってくれた、と内心で坊主頭の男を称《たた》えながら、僕はうんうんと頷《うなず》いた。

「ぼっちゃん、おめぇもだよ」

「僕も？」

「そりゃそうだろうが。お前ら二人で騒いでんだからよ」

「……申し訳ない」

隣からくつくつと笑う声が聞こえる。僕はこれ以上関わらないという意志を込めて、ふいっと窓の外に目をやった。

一時間ほどでグレイリッジ精神病院の最寄り駅に到着した。乗り込んだときと同様に、御者が降りてきて扉を開けた。乗車口のそばに座っている僕は最初に降り、御者に切符を渡した。病院はどっちだったか、と記憶を探ろうとしたところで、さっきの女の声が後ろから聞こえてきた。

「あんた、そのまま行く気？」

今度は何だ、と内心ため息をこぼしながら振り向くと、女が入口の枠につかまって僕を見下ろしていた。そのとき僕は初めて女の顔を見てはっとする。

「……失礼な女だと思ったら、あなただったんですね」

「なん……えっ、あんただったの!?」

「——レディ、お手を」

僕がウェンディの腰の位置まで手を掲げると、彼女は困惑しながらも僕の手を取った。

「……なんでそんな格好してるのよ」

「それは僕のセリフです」

ウェンディは馬車から降りながら、責めるように言った。お揃《そろ》いの服を着てきたみたいで居心地が悪い。

降りる客は僕と彼女の二人だけで、乗り込む客もいないようだった。この路線は都市間の移動に使われることが多いため、王都の端っこのこの駅で降りる人は少ないのだろう。

馬車は僕たちを残し、走り去った。平民の格好をしているということは、ウェンディも僕と同じようにこっそりと家を抜け出してきたのだろうか。だったら僕にもあまり知られたくない用事かもしれない。しばらく学園を休んでいることやリアムのことなど、聞きたいことはたくさんあったが、呑《の》み込むことにした。

「それじゃあ、僕は用事があるので」

「あ、うん。私も」

僕はウェンディと別れ、精神病院へ向かった。


病院へ続く坂の前まで来た。ちらと後ろを振り返ると、少し離れてウェンディがついてきている。

僕は立ち止まった。

「後をつけてるわけじゃ、ありませんよね？」

ウェンディが追いついて、僕の隣に並ぶ。

「もしかしてさ……あんたもグレイリッジに用があるの？」

グレイリッジ。病院の名前がグレイリッジ精神病院だったことを思い出す。

「はい」

「あんたも大変ね」

ウェンディは眉尻を下げ、気遣うような視線を僕に向ける。なぜだろう、と一瞬不思議に思ったが、すぐに理由に思い当たる。僕の親しい人が入院していると勘違いしたのだろう。

「いえ、僕はちょっとした知り合いの面会にきただけなので。――ウェンディさんは……」

「リアムよ。精神に異常があって、とても危険だからって連れていかれたの」

そう言った彼女の声は微《かす》かに震えていた。何と言ったら良いかわからず、僕は沈黙する。

「べつに気なんか使ってくれなくていいから。全部あいつがやったことだし。うちの家族が最低だからこんなことになったのよ。ほんとに最低なの。私含めてね」

彼女は険しい顔で坂を睨《にら》みつけ、一呼吸おいてから上り始めた。その半歩後ろを僕は付いていく。

「うちも似たようなものです。僕がグレなかったのは奇跡ですよ」

「え、それでグレてないつもりなんだ」

ウェンディが驚いた顔で僕を見た。

「どう見ても模範的な生徒でしょう。附属校では生徒会長を務めていました」

「はいはい。――ありがとね」

「え？」

「あんたと話してると、いつもよりこの坂を上るのがきつくない気がするから」

「あ、いえ……お役に立てたなら、なによりです」

「ぷっ、なに動揺してんのよ」

「べ、べつに」

「あんたって案外子供っぽいところあるよね。噂だけ聞いてるのと全然違う」

「どんな噂を聞いたか知らないけど、僕は生まれてこの方、ずっと子供です」

「そりゃそうでしょうけど、附属校時代に完全無欠の生徒会長だったロイ・アヴェイラムが学園に入学してくるって、結構話題になってたんだから。クインタスを撃退したヒーローだって崇《あが》める子も多いし。『境界の演劇団って私でも入れるのかな？』なんて夢見心地で言ってる子もいるのよ？それがこんな生意気な……。ねぇ？」

「ねえ、と言われても」

僕に勝手な幻想を抱く生徒がいるのは、およそペルシャのせいだと言ってもいい。彼が裏で理想のロイ・アヴェイラム像を作り上げているのだ。そうして人々の僕に対する期待はシャボン玉のように膨れ上がってしまっている。――この例えだと、いつかは弾《はじ》けるということか？

「まあ、あたしはあんたの性格、結構好きだけど。男は多少性格に難があった方がモテるって知ってた？」

「知りませんけど」

「でもほどほどにしとかないと口元から歪《ゆが》んでいくから気をつけなさい」

「ご忠告ありがとうございます」

指で口角を押し上げてみる。僕の性格が悪いのは疑いようのない事実だ。

ウェンディの横顔を盗み見る。整った唇をしていた。彼女は自身の性格を悪いと評したが、僕はそうは思わない。気が強いとか、きつい性格だとかは当てはまるかもしれないが、人を嘲ったり貶《おとし》めたりするようなあくどさはいっさいない。リアムとは顔立ちが似ていても表情がまるで違うから、言われなければ姉弟だとわからないだろう。

「な、なに？　さっきから私に見惚《みと》れちゃって」

長いこと横顔を観察しすぎてしまったようだ。

「いえ」

「……あんたってもしかして、大人の女が好みだったりする？」

「はい？　どうしてそうなるんですか」

「いやぁ、なんとなく？　この前のルビィ君のお母さんを見る目とかちょっと怪しかったし……」

心外だ。いったい僕がどんな目をしていたというのだ。同じ研究者としてリリィやエルサに対して畏怖のような感情はたしかに持っているけど、ウェンディが言っているのはもちろんそういうことではないだろう。

「さあ、どうでしょうね。少なくとも年上が対象だとは思います」

深く考えたことはなかったが、同級生や年下を恋愛対象として意識することはあり得ない気がする。前世の記憶がある分、精神年齢が周りよりも多少高いのだろう。

「……ふぅん」

ウェンディは意味ありげに相槌《あいづち》を打った。

病院に近づくにつれ、ウェンディの口数は減っていった。灰色の建物が見えてからはずっと黙りこくっている。

僕は錆《さ》びた鉄の門扉を手で押し開け、病院の敷地内に足を踏み入れる。僕の後ろをついてくるウェンディの足取りは重い。

病院の入口のドアを開ける。正面の受付には、前に僕と巡察隊の二人を案内したナースが座っていた。

「あなたはこの前の」

愛想笑いもせずに、ナースが抑揚なく言った。

「ええ、その節はどうも」

どこからか話し声が聞こえてくる。カウンターの奥の部屋からだろうか。今日は前に来たときよりも人が多いみたいだ。

「詳しいことは聞かされてないけど、あれから巡察隊が毎日控えているのよ。よっぽどあの子のお兄さんに会いたいみたい」

僕の視線に気づいたのか、ナースは先回りして僕の疑問に答えた。

なるほど。巡察隊はクインタスがやってくるまで毎日待ち伏せをするつもりらしい。待っていればいつかはここにやってくるのだから、人員を割くのは当然と言えば当然だ。

「今日もあの子の面会？　それとも……」

少し遅れて僕の隣に並んだウェンディを、ナースがちらと見る。

「いえ、彼女は――」

「リアム・ドルトンの面会よ。あたしたち二人とも」

偶然いっしょになっただけ、と言おうとした僕を遮って、ウェンディが横から口を出した。抗議の視線を送ると、彼女は不安そうな顔をする。

「その、あんたも一応、リアムの同級生でしょ？　会っていきなさいよ」

縋《すが》るような目で見つめられ、僕は頷くしかなかった。


ナースは、奥の部屋にいた年配の看護師に受付を任せ、僕とウェンディを先導した。リアムの病室は二階の階段から上がってすぐのところに位置していた。

「先に言っておくと、僕が行ってもリアムは嫌がるだけですよ」

部屋の前で、僕は隣にいるウェンディに囁《ささや》いた。リアムとは直接的な関わりはほとんどないが、附属校の頃からあまり好かれている印象はない。

「それは、心配ないわ。むしろ、怒ってくれたらいいのにね」

ウェンディは悲しげに笑った。ナースが鍵を開け、扉を開いた。

壁に沿って置かれたベッドの縁に、リアムが静かに座っていた。クインタスの妹の病室に入ったときの光景がフラッシュバックする。

同じだ。こちらの存在に気づいていないみたいにぼうっと一点を見つめる彼の姿が、死ぬ前のデズモンドと重なる。まさかリアムも？

「学園祭の次の日だったわ。精神を病んでいてこれからも周りに危害を加えるかもしれないからって、政府の人たちに連れて行かれたの。私だけは反対したけど、人を三人も殺したリアムに選択肢はなかった。処刑されるよりは精神病院に収容される方が幸せだ、なんて言われたら、引き下がるしかないじゃない？」

ドルトン家の力を以《もっ》てしても、よくて一生を牢屋《ろうや》で過ごすことになる。精神病院の方がだいぶマシな選択肢には違いなかった。

「最後に見た彼はまだ意識がはっきりしていました。いつからこの状態に？」

「わからない。連れて行かれたときはまだしゃべることができたけど、すでに病気は進行していたのかも。もうそのときには妄想に取り憑《つ》かれていて、おかしなことばかり言っていたから。その後に私が面会にきたときにはもうこの状態だった。院長は進行性の精神病だと疑っていたわ。前例がほとんどないから確実なことは言えないらしいけど」

ジェイコブとベンジャミンが死んだガゼボの事件に居合わせたリアムの証言は信じがたいものだった。二人はナイフを持って暴れ出し、最後は狂ったように自害したと言うのだ。リアムが精神病だというなら辻褄《つじつま》は合う。あのときにはすでに病気が発症していて、妄想癖や凶暴性があったのだろう。それからさらにデズモンドも殺害し、今はもう話すこともできないほど病が進行した。もっともらしい話だった。

だが、魔力で強化した僕の目に映るこの光景はどう説明をつければいい？　学園祭でデズモンドの目の上にあった光と同じものが、リアムにも見えるのはなぜなのだろうか。

もう一人で大丈夫、とウェンディが言った。弟が廃人と化しても、世間はウェンディに同情するどころか、激しく責め立てるだろう。彼女はこれから、殺人鬼の姉として生きていかなければならないのだ。彼女の胸の痛みを推し量ることなど、きっと誰にもできない。

被害者がいて、加害者がいて、被害者や遺族がかわいそう。加害者やその家族は悪者だ。なんて、そんなに世の中は単純じゃないと、ウェンディを見て思う。気の強そうな彼女を先に知ったから、今の彼女の弱々しさは余計に際立つ。憔悴《しょうすい》した様子の彼女を一人置いていくのは、後ろ髪を引かれる思いだった。

僕はウェンディを部屋に残し、僕は部屋の外にいたナースにクインタスの妹のもとへと案内を頼んだ。

再び訪れたクインタスの妹の病室には、書見台が増えていた。ベッドの縁に腰掛けて書見台に置かれた本を読む姿は、一見すると健常な少女と変わりない。直前にリアムを見たせいで、人形のようにぼうっと一点を見つめて動かない少女の姿を想定し、身構えていたから、少し安堵《あんど》する。

僕の後にナースも部屋に入ってくる。僕は彼女の親族でもなんでもないから、面会にはナースが同伴するのだとか。

「前に来たときは、書見台は置かれてなかったと思いますが」

「この前また来てたわ。妹思いのいいお兄ちゃんね」

表情の変化がわかりにくいナースだが、少しだけ緩んだ表情がクインタスへの印象を物語っているようだった。

長居をするつもりはないから、僕はさっそく目に魔力を送った。

予想は的中する。やはり彼女の目の上にも、リアムやデズモンドと同じ、淡い光が見えた。

「用事は済んだので、もう帰ります」

「もっとゆっくりしていけばいいのに」

「顔が見られたら十分ですから。他にすることもないでしょう?」

「そんなことないわ。お兄さんはいつも長いこといるし」

クインタスが?

「へえ。その方がこの部屋で何をしているのか知っていますか?」

「お話をしていることが多いわ。ええ、もちろん一方的に語りかけるだけだけど」

「どんな話をしているんですか?」

「そこまでは。親族が面会に来るときは私たちもできる限り立ち入らないようにしているから。ああ、それと、髪や爪のお手入れもしていくみたい。彼が帰った後に綺麗《きれい》になってるから」

ここに来ている男がクインタスでほとんど間違いないと僕は思っている。だけど、彼女が話す男が本当に僕や巡察隊の追っている凶悪犯と同一人物なのかと疑いたくなる。甲斐甲斐《かいがい》しく妹の世話をするクインタスがどうにも想像できない。家族だから……だろうか。

「大事にされているみたいですね」

「ええ、本当に」

ナースは少女を見ながらしみじみと呟《つぶや》いた。リアムにもクインタスにも家族がいる。べつにそれがどうということもないけど、これまで見えてなかった物事の裏側が目につくようになって面倒だなと思う。

「やっぱりそろそろ帰ります。赤の他人の僕が彼女の世話をするのもおかしな話ですから」

ウェンディはまだリアムのところにいるらしかった。病院の中で待っていると、患者の発する意味をなさない声が聞こえてくる。僕は寒さを承知で外へ出た。

ガゼボの事件でジェイコブとベンジャミン、学園祭ではデズモンドが死亡した。そして今、リアムは精神を病んでこの病院に閉じ込められている。ジェイコブとベンジャミンは死ぬとき様子がおかしかったとリアムは証言している。今ではあれは言い逃れるための作り話ということで片付けられているが、もしリアムの言うことが本当だったとしたら、三人を発狂させて殺し、リアムに口封じをした真犯人がいるということになる。

デズモンドとリアムに共通しているあの目の上の光は、おそらく最初の二人にもあったに違いない。そして、クインタスの妹にも同じ光があった。あれらの光が具体的になんであるかは不明だが、あれが施された人間は自由意志を失うらしい。そしていずれ発狂して死に至る。——いや、それなら長いことあの状態のクインタスの妹がまだ死んでいないのはおかしい。発狂には何かトリガーがあるのかもしれない。

デズモンドが死んだときのことを思い出す。彼の目の上の光からは、細い光の糸が講堂の壁に向かって伸びていた。あれは魔信《ましん》の送信機と受信機をつなぐパスと同じものだ。ということは、あのとき講堂の外からデズモンドにシグナルを送っていた犯人がいたのか？

リアムは最後まで無実を訴えていた。最初から最後までリアムの主張は一貫していた。彼はずっと、ガゼボで死んだ二人のことを人形みたいだったと形容し続けていた。最後には彼自身がまさに物言わぬ人形のようになった。

リアムが犯人じゃないと仮定すれば、一連の事件の見え方は大きく変わってくる。学園で槍玉《やりだま》に上げられていた話題のいじめグループの全員が悲惨な目に遭った。明確な意図があるように思えて、精神を患った者が犯した事故だと片付けるには薄気味悪い。

いじめ、クインタスの妹、人形……。きっとパズルのピースはすべて揃っている。

「——なんだ、待ってたんだ」

すぐ後ろで聞こえた声が僕を現実に引き戻した。ウェンディが浮かない顔で病院の入口の前に立っている。

「まあ、どうせ同じ馬車なので」

駅に向かう間、ウェンディは終始上の空で口数が少なかった。僕は僕で、今日新たに得た情報が一連の事件とどう関わっているのか考え続けた。駅に到着し、切符を買って馬車を待つ。会話もせずしばらく座っていると、馬車が到着する。

僕は椅子から腰を上げ、歩きだそうとするが、コートの裾を引っ張られた。ウェンディが立ち上がろうともせず、俯《うつむ》きながら僕のコートの裾を摘《つま》んでいる。

僕は何も言わずにウェンディの言葉を待った。

「……帰りたくない」

ウェンディの声は震えていた。彼女の頬に涙が伝った。家にも寮にも居場所がない。相当参っているらしかった。

僕は黙って腰を下ろした。自分でも驚きだが、僕はウェンディに同情したらしかった。

「……いいの？」

「今日はあなたに従います」

「……ありがと」

御者が声をかけてきたが、僕は首を振って乗らない意志を示した。彼は怪訝《けげん》そうに首を傾《かし》げながら御者台に戻り、すぐに馬車を出発させた。遠くなっていく馬車の音を聞きながら、僕は椅子の背もたれに背中を預けた。

第九章

OLD ENOUGH TO LEARN MAGIC!

「ロイさんは意外とそういうのも似合うのね。そう思わない？　エルサ」

「似合ってるけど、やっぱりもう少しクールな感じがいいんじゃない？」

「そうかしら？」

「ほら、これとか絶対似合うでしょ。ロイ、今度はこっちを着てくれる？」

「……はい」

「それじゃあ、ルビィはかわいい系にしましょう。ロイさんと雰囲気を揃《そろ》えたいから……これなんかどうかしら？」

「いい！　ルビィ君に絶対似合う！」

僕は今、人気アパレルショップ『サルトル』に来ている。メンバーは僕とルビィと、それぞれの母親の四人だ。この店で僕とルビィは、母親たちに着せ替え人形にされているのだ。どうしてこうなったのか。それは、三日前の僕のちょっとした好奇心から始まった。


僕はその日もエルサの書斎で作業をしていた。しばらくして、いったん休憩を入れようと思い、僕はソファに座った。テーブルの上に魔法学術誌『チャームド』の最新号が置いてあったから手に取って読んでいると、それまで書斎の机に齧《かじ》り付いていたエルサが、色々な実験器具や魔法具を持ってやってきた。この頃様子のおかしいエルサは、様々な抽出方法を試しながらおいしいお茶の淹《い》れ方《かた》を追求し、僕が休憩するたびにそうしてお茶をふるまうのである。

さすがは一流の研究者と言ったところか、お茶の風味や香りは淹れるたびに劇的に良くなり、今では僕の舌を満足させるほどとなった。

「そういえば、エルサさんはシナモンティーが好きなんですよね」

僕はふと疑問に思っていたことを尋ねた。

「嫌いじゃないけど、どうして?」

エルサは不思議そうに首を傾《かし》げた。

「どうしてって、クラブ名にするくらい好きなんでしょう? たしか、かぼちゃパイとシナモンティーの——」

「ごほっ、ごほっ」

茶を飲んでいたエルサが咳《せ》き込んだ。僕はハンカチを差し出した。

「あ、あれは私も若かったから……。あと、シナモンティーが好きなのはリリィよ」

ダメージから回復したエルサが取り繕うように言った。

「なるほど。かぼちゃパイがエルサさんの好きなメニューということですか」

「まあ、そういうことになるわね……」

エルサが恥ずかしそうに目を逸《そ》らした。

「その店は今でもあるんですか?」

「ええ。アルクム通りから二つ外れた通りにある『シャルロッテ』という名前の店よ」

「……そこのかぼちゃパイって、そんなにおいしいんですか？」

「……うん」

「そう、ですか」

ゴクリと喉が鳴った。

「……いっしょに行く？」

「え？」


こうして僕とエルサは休日に街へ繰り出すこととなった。それからどういうわけかリリィとルビィも来ることになり、せっかくなら『シャルロッテ』でお茶をする前にショッピングをしようということで、今こんな事態に陥っているのである。エルサと二人でお出かけなど気まずいだけだろうから、ルビィたちを呼んだのはむしろ良かった。もしかしたらエルサがリリィに声をかけたのも、僕と同じように思ったからだったのかもしれない。

「こういうことはよくあるのか？」

僕はもう一体の着せ替え人形――ルビィに声をかけた。

「うん。昔からお母さんは僕にいろんな服を着せるんだ」

「大変だな」

僕は同情的な視線を送るが、ルビィは首を振った。

「そんなことないよ。僕はお母さんの最高傑作だから」

まるで自分自身が作品の一つであるようにルビィは言う。歪《ゆが》んだ親子関係だと思う。だけど、リリィのルビィへの愛がとても深いことを僕は知っている。これからもリリィは、どんなことをしてでもルビィを守っていくだろう。憧れるとは言わないけど、それだけの愛を与えられるのはどんな気分なのか気になった。

「ロイ君が言いたいなら、言ってもいいよ」

「え？」

何を、と聞く前にルビィは服を選ぶリリィのところへと歩いていってしまった。もしかしたらルビィは知っているのかもしれない。

さらに何着か服を着替えると、ようやく僕は解放された。店を出る前にエルサがこそこそと店長と話をしていたから盗み聞きをすると、今日僕が試着した服を注文しているらしかった。僕は聞かなかったことにして、先に店を出た。

『サルトル』から出た後に僕たちはようやく念願の『シャルロッテ』へとやってきた。前座が長くなってしまったが、ここのかぼちゃパイを食べるのが今日のメインイベントなのだ。

「エルサたちももっと二人でお出かけすればいいのに」

注文をして待っている間、リリィが僕とエルサの顔を見比べながら揶揄《からか》うように言った。僕とエルサは顔を見合わせ、気まずくなってすぐに逸らした。

「たまにだったら、私はいいけど」

エルサが小さな声で言った。

「……たまになら、僕も時間はあると思います」

僕がそう言えば、なぜかリリィが嬉《うれ》しそうに笑った。

「よかった！　今日はエルサも楽しそうだったから」

僕は横を向いてエルサの様子を窺《うかが》うが、そっぽを向いていていてどんな顔をしているのかわからなかった。

注文した飲み物とデザートが運ばれてきて。僕らはさっそく食べ始めた。エルサのおすすめのお店だけあって、雰囲気がいい。

「そうだ、エルサにプレゼントを用意したのよ。受け取ってくれる？」

「プレゼント？」

「だってあなた、この前誕生日だったでしょう」

「そういえばそうね」

リリィがカバンの中から取り出したのは、人形だった。この前ルビィの部屋で見たものと同じ種類のものだった。

「これ、ロイさんをイメージした人形なのよ。どうかしら？」

「どうって……なんで私の誕生日プレゼントがロイの人形なのよ」

至極当然の疑問だ。僕自身がもらっても困るのに。

「愛する息子の人形なんだから、持っていて損はないわ」

「あはは……」

リリィはさも当たり前のように言った。エルサは苦笑いをしながら受け取った。

「前までエルサは子供と仲が良くないと思っていたから渡すのを控えていたの。でも、最近二人はとってもいい感じでしょう？　だから渡すなら今日だと思ったのよ」

「そっ……か。そうかもね。ありがと」

エルサは人形をじっと見てから、カバンの中にしまった。

「僕からも渡す物が」

僕も用意してきた物がある。タイミングがなかったら渡さなくてもいいと思っていたけど、今ならおかしなタイミングじゃないだろう。

僕はポケットからプレゼントを取り出し、エルサの方へと差し出した。しかし、エルサはなかなか受け取ろうとしない。彼女の顔を見ると、目を丸くしてまじまじと僕の顔を見ていた。

「受け取らないんですか？」

「え？　ロイが？　私に？　なんで？」

エルサは僕の行動に理解が追いつかない様子だった。受け取るか、断るか、早くしてほしいのに。

僕だって自分でも変なことをしているのはわかってるんだ。

空気に耐えられなくなり、手を引っ込めようとしたとき、エルサの手が伸びてきて、僕の手のひらの上のプレゼントをさっとさらった。

「これは……魔法具？」

「はい。ライターです。雷魔法を使って着火する仕組みになっています」

「雷魔法……」

エルサは魔法具をいろんな角度から観察してから、火を灯《とも》した。

「わ、すごい」

エルサが感嘆の声を上げた。その無意識に言った感じから、彼女が心から感心しているのがわかって、なんだか、急に涙が出そうになる。

「ロイさん、素敵なプレゼントね。マッチは体に害があるって噂《うわさ》だから、きっとロイさんはエルサのことが心配だったのね。雷魔法を使うというのも素敵。ロイさんがエルサのために作ったライターなのね」

リリィが微笑《ほほえ》ましそうに言って、うんうんと勝手に納得している。

「私のために？」

エルサが信じられないみたいな顔でこちらを見た。

「ち、違いますよ。僕は自分のためにこのライターを作ったんです。ほら」

僕はポケットからライターを取り出して、見せつける。

「まあ！　二人お揃いなのねっ！」

リリィが目を輝かせる。だめだこの人、僕が何を言っても好きなように解釈してくる。

「たまたま雷属性が僕らしかいないというだけです」

「運命的ね！」

「遺伝でしょう」

リリィに応対するのに疲れてエルサの方を見れば、ライターの光がエルサの下瞼《したまぶた》に反射して、彼女の目がうるんでいるように錯覚した。


突発的なプレゼント渡しの後は、四人でゆったりとしたひとときを過ごした。さっきの買い物の話になる。

「ロイさん、どの服も似合ってたわ」

リリィが言った。

「ありがとうございます。でも、何度も着替えるのは疲れます」

「それは仕方ないわ。なんでも着せたくなっちゃうんだもの。ねえ、エルサ」

「……そうね」

エルサがボソッと言った。

「それこそ、自分が人形になったかと思いましたよ」

「あら、人形だなんて。そんなこと言われたら家に持ち帰って、飾っておきたくなってしまうわ」

「ちょっとリリィ、ロイをあなたの趣味に巻き込まないで」

エルサがリリィを窘《たしな》めた。

「屋敷にあった人形は、やはりリリィさんの趣味なんですね」

「ええ、そうよ。言ってなかったかしら？」

「人形好きなのはルビィだと思ってました」

リリィが言っていたのだ。ルビィが幼い頃、唯一興味を示したのが人形劇だったと。

「ルビィが？　家にある人形は全部私のものよ。ルビィは小説やオペラのような、ストーリーがあるものが好きなのよ。ね、ルビィ？」

リリィに聞かれ、ルビィが頷《うなず》いた。

「そうだったんですね。では、やはり学園祭のあれもリリィさんの人形なんですか？」

「学園祭？」

「ほら、最後にやっていた劇の話ですよ」

「ああ！　そうなの！　うまくできていたでしょう？」

リリィが嬉しそうに両手を合わせた。

「はい。あんなに細かい操作ができるなんて驚きました。ガゼボの二体もそうなんですよね」

「ふふ。気づいてしまったのね。その日はね、ルビィのことで学園に用事があったのよ。人形はそこで調達したの。ああ、ロイさんにも見せてあげたかったわ……。学園祭のときよりずっと凄《すご》かったんだから」

リリィはそのときのことを思い出すようにうっとりと頬を染めた。

「……ねえ、あなたたちはなんの話をしているの？」

会話に置いてけぼりのエルサが拗《す》ねるように言った。

「人形劇の話よ。ねえ、ロイさん」

「はい」

「ふぅん？」

エルサはあまり納得していないのか、険しい顔でリリィを見ている。

「あれは僕の魔力波の研究を応用したのですか？」

「ふふ。やっぱりロイさんには気づかれちゃうわね。そうよ。あなたの研究のおかげで、人形の操作が魔力糸なしでできるようになったの」

研究の話をするリリィはとても楽しそうだ。研究者の性《さが》なのだろう。

それからは、僕の研究の話に話題が移った。魔力波をどう応用していくか、エルサやリリィのような優れた研究者と語らうのは楽しい時間だった。ルビィも時折、現実とフィクションを融合させたような面白い意見を出した。小説を書く者ならではの着眼点だった。

エルサは、直接言葉にはしないが僕の研究を高く評価しているようだった。若干の面映ゆさを感じつつ、でもやはり嬉しかった。ワイズマン教授やリリィから褒められるより、僕はエルサからの評価を望んでいたのだと気づいた。これからは、もっと積極的に研究の話や相談をしてもいいかもしれない。

かぼちゃパイは絶品だった。エルサがクラブ名に入れるほど気に入るのも仕方がないと思えた。店を出て、解散する前にルビィから紙束をもらった。完成したら見せてくれると約束していた彼の小説だった。

エルサと二人きりの帰りの馬車は静かだった。昔と比べれば彼女との距離はだいぶ近づいたが、やはりまだ仲良く会話するような関係ではなかった。家に着くまでの間、僕はルビィからもらった紙束をペラペラと捲《めく》った。

第十章

OLD ENOUGH
TO LEARN MAGIC!

僕は学園が休みの日にグレイリッジ精神病院を訪れた。受付にはいつものナースがいた。今日も奥の部屋には巡察隊が控えているのだろうか。

クインタスの妹の面会に来たことを伝えると、彼女は鍵を持って僕を先導した。

「僕の他に面会に来た人はいますか？」

僕は前を歩く背中に向かって声を投げかけた。

「あの子のお兄さんはしばらく来ていないわ。アバグネイルさんはよく来るけど」

「そうですか」

クインタスは事件を起こした日にここを訪れることが多いとベイカー警部は言っていた。リビィ家を襲った日を最後にクインタスは沈黙しており、今は次の事件を待つしかないという状況だ。

目的の部屋に到着し、ナースが扉を開けた。少女はベッドの端に腰掛け、魂が抜けたような表情で、視線だけを動かして書見台の本の文字を追っている。これは自発的に本を読んでいるのではなく、正常な頃によく行っていた行動をなぞっているだけだという。

「今日はどれくらいいるつもり？」

ナースに聞かれ、僕は返答に詰まる。今日ここに来たのはなんとなくだった。この少女が気になったのだろうか。それとも、この前みたいにリアムの面会に来たウェンディに偶然会うのを期待したのか。

「……決めてません」

「でう。だったらしばらくいればいいわ」

「この部屋に、ですか？」

「ここはとても静かだから」

静かとは言っても、何もやることがない。しかし、来てすぐ帰るというのも気が引ける。ルビィの小説でも読もうか。馬車に乗っている間に読もうと持ってきたものだが、少しだけこの部屋で読んでいってもいいかもしれない。

「それじゃあ、少しだけ」

「私は部屋の外で待ってるから」

ナースは僕を残して部屋を出た。部外者を患者と二人きりにしていいのだろうか。巡察隊の捜査の協力者という立場だから信頼されているということかもしれない。

部屋の隅に丸椅子があったから、僕はそこに座った。クインタスもこの椅子に座って少女に語りかけるのだろうか。想像できない。

僕は鞄《かばん》から紙束を取り出し、続きから読み始めた。

少しだけ読んで帰るつもりが、ページを捲《めく》る手が止まらず、読み切ってしまった。驚くほど集中していたみたいだ。

小説の内容は、救貧院育ちの少年が成り行きで窃盗団に入ることになり、不幸になっていくものだった。物語の後半では、窃盗団のリーダーとなった少年の周りで仲間たちの不審死が多発し、団の内部で少年への不信感が募っていく。最後には、警察の策略により少年は貴族殺しの罪を擦《なす》り付けられ、仲間にも民衆にも無実を信じてもらえないまま公開処刑されてしまうのだ。

窃盗団は内部分裂により弱体化し、自然消滅した。街にも平和が訪れた。視点が違えば勧善懲悪ものだ。しかし、この小説は少年の視点で話が展開されるから、読後にはなんとも言えない苦さが残った。

この主人公はまるでリアムのようだ。いじめっ子グループはリアムの暴走で内部崩壊し、消滅した——ということになっている。学園には彼らがいなくなって悲しむ者はいない。誰もが望んだハッピーエンドだった。真相は別のところにあることを僕は知っているが、それを公表したところで誰に得があると言うのだろう。

ふと、ウェンディの顔が思い浮かんだ。リアムの無実が証明されればウェンディへの風当たりは弱まるだろう。ならば僕は、彼女のために真実を白日の下に晒《さら》すべきか？

僕は首を振り、無意味な考えを振り払った。ウェンディは言っていた。学園祭の事件の後、リアムは政府の人間に連れていかれたのだと。きっとこの問題は僕が一人で扱えるような小さなものではない。背後に王立研究所、そしてアヴェイラム派の中枢まで深く根付く複雑な問題だという予感がある。

リアム以外の三人を殺害し、全ての罪をリアムに擦りつけたリリィ・リビィは、きっと捕まることはない。

彼女の動機は……やはりルビィへのいじめなのだろうか。

リアムたちのルビィに対する言動ははたから見ても目に余るものだった。ルビィを溺愛する彼女は、彼女なりの方法で——多少行き過ぎてはいたが——ルビィの敵を排除したのだ。

魔力視で見たとき、リアムもデズモンドも目の上のあたりに淡い光が見えた。おそらくあそこに埋め込まれていた何かがアンテナの役割をしていて、命令を受信しているのだろう。

リリィはもともとは魔力糸を用いて人形を操作していたらしいが、僕の魔力波の研究を応用して遠隔操作を可能にした。舞台でデズモンドが死んだとき、僕の目には、彼の目の上のあたりから講堂の外に伸びる光の糸が見えていたが、あれはまさに魔信《ましん》の送信機と受信機が繋《つな》がるときに発生する光だった。

あのときリリィは、デズモンドの体を操作するために舞台の上の様子をどこかから見ていたのかもしれない。

母親の愛……か。

エルサならどうするだろう。僕が窮地に立たされているとして、手段を選ばずに助けてくれるだろうか。

少し考えてみたが、そんな彼女の姿はまるで想像できなかった。

まあ、そもそもエルサにそんなことを期待してはいないのだけど。ルビィとリリィのような不健全な親子関係を望むなんておかしな話だ。

……でも、いつだって味方でいてくれる人がいるというのは、きっと心強いことなんだろうな。

紙束に落ちていた視線を上げると、書見台の本は閉じられていた。少女は裏表紙をじっと見つめたまま動かない。

僕は伸びをしてから、立ち上がって書見台のところまで行く。彼女が読んでいた本のタイトルは『おかしなペトラ』。外国の有名な小説だったと思う。たしかシリーズ化していたはずだ。

部屋の本棚――クインタスが持ち込んだらしい――から『おかしなペトラ』の続編を探す。

「これか」

僕は本を本棚から抜き出した。そして、それを書見台の本と入れ替える。すると、少女は表紙を開き、最初のページから読み始めた。

「君は、よほど本が好きなんだな」

やはり彼女は僕の声に反応を示さない。

「君の兄は、君をこんなふうにした人たちに復讐《ふくしゅう》をしているのか？　もしそうだとしたら、僕の母もそのことに関わっているんだろう。僕はどういう立場を取るべきなんだ？」

この頃、反魔運動が過激化している。『境界の演劇団』は反魔主義を掲げたまま活動してもいいのだろうか。演劇団を結成したとき、僕はクインタス打倒を目指していたと思う。反魔主義はその副産物だった。ペルシャの思惑はわからないが、少なくとも僕はそんな大層なことは考えていなかった。『希望の鐘』を鳴らしてからは、もう完全に反魔主義の代表的なグループという扱いになっている。それに――。

僕は少女の顔をじっと見る。クインタスの妹だとされている彼女は、目の色が珍しい金色をしているくらいで、明らかに人間に見える。ナースの話を聞いても、服の下におかしな特徴は見られないらしい。だとすれば彼女は魔人ではないということになり、したがってクインタスも魔人ではないのではないか？

魔物の暴走は魔人の仕業だとか、クインタスは人間領に送り込まれた魔人だとか、いろんな噂《うわさ》があって、新聞でもそれらがまるで事実であるかのように報道されている。

僕ら王国民は、反魔主義の思想を植え付けられているのではないか。そんな恐ろしい考えが頭に浮かんだ。

「エルサは――ええと、エルサっていうのは僕の母のことだけど、ひどい母親なんだ。僕が八歳になるまで、まともに会話をした記憶がない。でも最近はそんなにひどい人じゃない。関係を修復したいと思っているのは僕もわかるんだ」

少女がページを捲った。

「王立研究所はきっと良くないことをしている。その研究にエルサは深く関わっているはずだ。もしかして君は知ってるのかな。魔物騒動を起こしているのは魔人ではなく、研究所だって。人を操れるんだから、そりゃあ魔物も操れるよな。アヴェイラムは何を企《たくら》んでいるのかな。反魔主義を煽《あお》って何を狙っているんだろう。エルサはなんで……。エルサは……いい人じゃないのかな」

当然、少女は何も答えない。聞こえているのかもわからない。僕がこうして悩みを打ち明けられるのは彼女が何も返してこないからだ。

「君の兄はいい人か？」

少女のページを捲る手が一瞬止まった――ような気がしたが、気のせいだったかもしれない。少女はすぐに次のページを読み始める。

「はぁ、僕はいったい何をやってるんだろうな……。もう帰るよ」

僕は少女に背を向けて歩きだした。ドアノブに手をかけたそのとき、廊下が騒がしくなる。

「こんにちは、お兄さん。今日もお見舞い？」

ナースの声がした。お兄さん――ということは今外にいるのはクインタス……？

心臓が大きく跳ねる。ドアノブからそっと手を離し、後ずさる。

「そうじゃないことはわかっているだろう？　そこをどけ」

「あら、いつもの丁寧な口調はやめちゃったのかしら」

「大人しくしていれば怪我《けが》をすることはないだろう」

「はぁ、仕方ないわ。これ以上は私の仕事の範囲外だもの。――先客がいるけど、どうか気にしないであげてね」

ドアが乱暴に開けられる。僕は魔法剣を生成し、構えた。

現れたのは、金色の目をした背の高い男——迎賓館で残虐の限りを尽くしたあの男で間違いなかった。

僕はその顔に何かを感じた。この距離で顔を見たのは初めてだったが、僕は彼をよく知っていると思った。いつもこの男は色付きのメガネをしていた。それは目の色を隠すためだったのだ。

「探偵ごっこは今日でお仕舞いだ、ロイ」

「——店主」

ラズダ書房の店主であった。店主——クインタスは右手を胸の高さまでゆっくり上げた。僕は油断せずに彼の動きを注視した。

かくん、と病室が傾いた。顎への衝撃を知覚すると同時に、僕の意識は遠のいていった。

あとがき

序盤のシーンでクインタスの似顔絵を描く画家が登場する。絵の描けないロイの目には、その画家は理解できない類の人種として映っている。私も昔から絵を描く人間のことを異星人くらい遠い存在に思っていたから、ロイの気持ちはよくわかる。絵を描く人はどこか不思議な雰囲気を纏《まと》っていて、浮世離れした感がある。

実は去年から、私も絵を描き始めた。学校の美術の授業なんて大の苦手だったのに、自分でも驚くほどハマっている。では、私自身も絵を描く者特有の何かを纏うようになったのかと言われると、当然初心者の私はまだまだそんなレベルにない。ただ、絵を始めてから物の見え方が変わってきているのは感じる。現実世界の色は鮮やかになり、想像の世界でも明らかに解像度が上がった。きっと絵描きたちはこの感覚を長年研ぎ澄ませてきたに違いない。そう思えば、彼らの纏う雰囲気の秘密が少しだけわかるような気がする。

作品のご感想、
ファンレターを
お待ちしています

あて先

〒141-0031　東京都品川区西五反田 8-1-5 五反田光和ビル4階
ライトノベル編集部
「上野夕陽」先生係／「乃希」先生係

スマホ、PCからWEBアンケートにご協力ください

アンケートにご協力いただいた方には、下記スペシャルコンテンツをプレゼントします。
★本書イラストの「無料壁紙」　★毎月10名様に抽選で「図書カード（1000円分）」

公式HPもしくは左記の二次元バーコードまたはURLよりアクセスしてください。
▶ **https://over-lap.co.jp/824006646**
※スマートフォンとPCからのアクセスにのみ対応しております。
※サイトへのアクセスや登録時に発生する通信費等はご負担ください。

オーバーラップノベルス公式HP ▶ **https://over-lap.co.jp/lnv/**

8歳から始める魔法学 3

発　行　2024年3月25日　初版第一刷発行
著　者　上野夕陽
イラスト　乃希
発行者　永田勝治
発行所　株式会社オーバーラップ
〒141-0031
東京都品川区西五反田 8-1-5
校正・DTP　株式会社鷗来堂
印刷・製本　大日本印刷株式会社

ISBN 978-4-8240-0664-6 C0093

【オーバーラップ　カスタマーサポート】
電　話　03-6219-0850
受付時間　10時～18時（土日祝日をのぞく）

第12回オーバーラップ文庫大賞
原稿募集中！
イラスト：じゃいあん
【締め切り】
第1ターン 2024年6月末日
第2ターン 2024年12月末日
各ターンの締め切り後4ヶ月以内に佳作を発表。通期で佳作に選出された作品の中から、「大賞」、「金賞」、「銀賞」を選出します。
その物語は、
きっと誰かが
好きな物語。
【賞金】
大賞…300万円
（3巻刊行確約＋コミカライズ確約）
金賞……100万円
（3巻刊行確約）
銀賞………30万円
（2巻刊行確約）
佳作………10万円
投稿はオンラインで！ 結果も評価シートもサイトをチェック！
https://over-lap.co.jp/bunko/award/
〈オーバーラップ文庫大賞オンライン〉
※最新情報および応募詳細については上記サイトをご覧ください。
※紙での応募受付は行っておりません。